D0925378

LE PROTOCOLE RESTON

Du même auteur

Le loup du sanatorium
Éditions Les Six Brumes, coll. « Nova », 2008

Les fantômes de Péka
Éditions Les Z'ailées, coll. « Zone Frousse », 2009

Le jour de l'éveil (*Entités,* tome 1)
Éditions Trampoline,
coll. « Fantastiques illustrés », 2009

MATHIEU FORTIN

LE PROTOCOLE RESTON

ROMAN

Nous remercions le Conseil des Arts du Canada de l'aide accordée à notre programme de publication, et la SODEC pour son appui financier en vertu du Programme d'aide aux entreprises du livre et de l'édition spécialisée.

Nous reconnaissons l'aide financière du gouvernement du Canada par l'entremise du Programme d'aide au développement de l'industrie de l'édition (PADIÉ) pour nos activités d'édition.

Gouvernement du Québec – Programme de crédits d'impôt pour l'édition de livres – Gestion SODEC

Conception graphique de la couverture : Marc-Antoine Rousseau
Composition typographique : Nicolas Calvé
Révision linguistique : Marie Markovic
Correction d'épreuves : Annabelle Moreau

© Mathieu Fortin et Les 400 coups, 2009

Dépôt légal – 3e trimestre 2009
Bibliothèque et Archives nationales du Québec
Bibliothèque et Archives Canada

ISBN 978-2-923603-23-0

Diffusion au Canada : Diffusion Dimedia

Diffusion en Europe : Le Seuil

Imprimé au Canada sur les presses de Transcontinental Gagné.

Catalogage avant publication de Bibliothèque et Archives nationales du Québec et Bibliothèque et Archives Canada

Fortin, Mathieu, 1979-

Le protocole Reston
ISBN 978-2-923603-23-0

I. Titre.

PS8611.O777P76 2009   C843'.6   C2009-941856-8
PS9611.O777P76 2009

Lettre à l'éditeur
À l'attention de : Michel Vézina

Monsieur Vézina,

Suite à la lecture de Prison de Poupées, *j'ai compris que vous étiez l'éditeur tout désigné pour recevoir ce manuscrit. Je ne peux vous confier ni mon nom, ni ma fonction (d'où l'en-tête manquant de cette lettre), mais je travaille au bureau du premier ministre du Québec et j'en ai marre des machinations et des complots qui se trament en haut lieu. Mon premier geste sera simple : je vous fais parvenir l'annexe 12-A du Protocole Reston concernant les événements du 23 mai 2008 à Trois-Rivières, pour que vous fassiez éclater la vérité.*

Je tiens quand même à vous mettre en garde : la publication de ce document mettra votre vie en danger. S'ils n'osent pas s'attaquer à vous de cette façon, ils couleront probablement votre maison d'édition ou détruiront votre crédibilité professionnelle. Cependant, étant donnés les documents-chocs que vous avez déjà publiés, je ne suis pas inquiète que vous oserez faire naître la vérité.

Bien à vous,

Votre Source

LE PROTOCOLE RESTON
TOP SECRET

Annexe 12 : Cas récents de l'application du Protocole.

A : CAN-001-QC-04-TR2008

Ce document relate les événements qui se sont déroulés à Trois-Rivières dans la soirée du 25 avril et la journée du 26 avril 2008.

Les informations contenues dans ce document sont confidentielles et destinées uniquement à ceux qui détiennent le plus haut niveau de confidentialité des pays du G8.

Toute autre personne surprise à consulter ce document sera placée en isolement et condamnée à mort sans autre forme de procès.

PROLOGUE

Le grondement des moteurs couvre à peine les cris de la bête enfermée dans sa cage aux épais murs de *plexiverre*. Les deux techniciens, vêtus de costumes anticontagion, le visage masqué alimenté en oxygène par des bonbonnes, s'activent autour des écrans qui affichent les données biométriques de l'animal monstrueux.

Le monstre est grand et costaud et ressemble à un étrange croisement entre un chimpanzé, un loup et un homme, avec son faciès rond, son nez plat, ses crocs proéminents, ses mains préhensibles, sa longue queue enroulée sur elle-même et sa position accroupie.

La bête cesse de hurler et se lance contre sa cage. Des étincelles parcourent sa fourrure ; elle titube sous la décharge et recule en grognant. Elle n'apprend pas, la bête. Dès qu'elle a faim, elle se lance sur les parois de *plexiverre*. Malgré les costumes hermétiques et les murs imperméables, elle sent la viande fraîche qui déambule autour d'elle, mais surtout la vie qui parcourt les artères et les veines, celle qui s'écoule et dont elle voudrait se gaver sans cesse.

Depuis le départ de Pyongyang, l'animal tempête contre le long voyage qui l'amène du laboratoire du docteur Soon Yee, chasseur et zoologue réputé, vers l'antre d'un de ses collègues dans la région de Toronto, le docteur Zimar. Découverte dans des grottes au nord de la ville de Corée du Nord, dans une région industrielle où les contaminants chimiques et toxiques abondent, elle a été capturée après s'être attaquée à un village entier, dans ce que les journaux ont appelé « le Gévaudan coréen », en référence aux massacres survenus en France dans les années 1700, et perpétrés par une bête rappelant vaguement un homme et un loup.

À l'époque, un loup avait fini par être abattu. Cette fois-ci, l'étrange meurtrier a été pris vivant, selon les rumeurs démenties par les autorités, qui nient toujours avec vigueur. Officiellement, aucun animal n'a été capturé. Pourtant, sur plusieurs sites de vidéos amateurs, dont YouTube, on peut voir, en tapant « corea monster », une courte vidéo, à peine dix secondes, où l'on aperçoit un groupe d'hommes qui prend au collet une bête qui semble immense, et qui en met un au tapis avant de recevoir un tir de fléchettes qu'on suppose remplies d'un tranquillisant super puissant. Ce petit film alimente les conjectures qui vont bon train partout dans la communauté des cryptozoologues et illuminés de tout acabit, grâce aux forums de discussions comme *www.animaux-etranges.com*, et surtout *www.museumoffreaks.com*, où se réunissent les plus convaincus des amateurs de Nessie, Bigfoot et autres bêtes dont l'existence officielle n'a jamais été démontrée.

Sur ces forums, on parle déjà des étranges capacités de régénération de l'animal, de son extrême agressivité, de la puissance corrosive de sa salive, du poison de ses griffes, de sa résistance aux somnifères communs, de son métabolisme fonctionnant à un régime surélevé et de sa fascination pour le sang qui gicle à grands jets... On cite des rumeurs obscures venant d'Afrique et d'Amérique du Sud, où des cas semblables auraient été aperçus au cours des dernières années. Certains avancent la théorie selon laquelle il s'agirait d'une bête issue de recherches en génétique, d'autres supposent que la radioactivité pourrait expliquer son existence, alors que très peu sont prêts à accepter que le monstre ne soit qu'une des nombreuses créatures de la nature encore inconnues de l'homme.

Personne ne connaît les faits, mis à part les deux techniciens coréens qui accompagnent l'animal vers sa destination, dans l'anonymat le plus total. Ils ne participent malheureusement pas aux discussions effrénées qui secouent le Web et qui, tout compte fait, ne sont que suppositions et hypothèses non étayées.

C'est l'heure de la bouffe. Un dispositif simple, mais efficace permet de nourrir le monstre en s'assurant qu'il ne puisse s'attaquer aux deux gardiens : la cage des souris est reliée par un tube à celle du mastodonte, les rongeurs y sont aspirés et lui sont jetés en pâture.

Un technicien actionne le mécanisme et cinq souris, soit le nombre maximal autorisé, calculé par Soon Yee, s'engouffrent dans le tuyau. Le docteur a observé la bête pendant quelques jours et a découvert qu'elle se nourrissait d'une quantité de viande qui correspond environ à cinq souris de taille moyenne, aux douze heures. Selon les observations préliminaires, la bête se contente de boire le sang des autres proies qu'elle chasse.

Un voyant rouge s'allume. Une souris supplémentaire s'est glissée dans la cage. Impossible de l'enlever. La prison de *plexiverre* est impénétrable. Elle ne pourra être ouverte qu'à l'arrivée à Toronto, avec le code qui a été transmis à Zimar par un courriel mégasécurisé qui nécessite quatre clés de cryptage pour être lu. Les techniciens ne peuvent donc rien faire, sauf noter sur leur rapport qu'une souris surnuméraire a été aspirée et espérer qu'ils ne seront pas blâmés pour cette erreur. Le docteur Soon Yee ne badine pas avec l'incompétence.

Dès que les rongeurs tombent sur le sol de la cage, le carnage débute. Une première souris est prise par une patte et instantanément portée à la bouche de la bête : la tête arrachée est avalée tandis que le corps gigote encore de panique. Le monstre engouffre ensuite le reste du rongeur et s'attaque déjà à une autre proie. En moins de cinq secondes, cinq souris ont été étêtées, vidées de leur sang puis avalées, le bruit des os broyés par les énormes mâchoires est noyé par le vacarme des machines.

Et la sixième souris ? La bête n'a plus faim : la quantité d'aliments solides qu'elle ingurgite est minime si on la compare à sa masse.

Oubliée par la bête repue, la dernière proie s'élance vers la liberté, mais est vite ramenée à la réalité par la décharge électrique qui la secoue.

Le monstre remarque qu'il n'est pas seul dans sa cage. Son regard affiche une cruauté nouvelle. Il lève une patte aux longues griffes et l'approche du rongeur, qui sent la menace et se recroqueville dans son coin, en prenant soin de ne pas toucher de nouveau au mur de *plexiverre*.

La griffe, d'un cou sec, trace une estafilade sur la fourrure de la souris, qui cesse bientôt de bouger. La bête la soulève par la queue et appuie un de ses crocs contre la gorge de la pauvre créature. Un jet de sang frappe un mur de la cage, tandis que le monstre se pourlèche les babines et lèche le corps de la souris, avant de la reposer par terre.

Les techniciens observent le manège d'un air inté-ressé : rarement un animal s'attaque ainsi à sa proie sans la manger. En Corée, il a été établi assez tôt dans la chasse que la bête aime tuer sans raison, sans res-sentir le besoin de se nourrir. Cependant, jamais elle n'a été observée en train de lécher sa proie, même par Soon Yee durant les quelques jours où elle a été gardée en captivité. Bientôt, la bête se love dans un coin et s'endort, délaissant la souris morte dans un autre coin.

Le sommeil du monstre est une période très active pour les deux laborantins : ils en profitent pour effectuer des mesures et des calculs sur son métabolisme. Après avoir traversé un sas, ils sont installés à leurs ordinateurs, dans une autre pièce, enfin débarrassés de leurs costumes anticontagion, et ils pianotent aussi rapidement que possible sur leur clavier pour s'assurer que toutes leurs observations des réactions de la bête soient rentrées à temps. Dès que le monstre sera réveillé, ils devront retourner dans sa chambre. C'est la règle : l'animal ne doit jamais rester seul lorsqu'il est éveillé.

Les différents capteurs envoient leurs données aux terminaux : la température de la bête est encore très élevée (autour de 50 degrés Celsius), mais sa respiration est lente. Sur les images infrarouges, certaines parties du corps, comme l'abdomen, apparaissent plus jaunes car elles dégagent plus de chaleur. Dans l'autre coin de la cage, la température de la souris morte est anormale, comme le remarque l'un des techniciens, qui demande à son collègue d'examiner lui aussi l'image.

Alors qu'elle devrait se situer autour de 37 degrés, comme celle de tous les mammifères, la température affichée est de 42. Selon toute logique, elle devrait décroître, et non augmenter.

Devant une telle anomalie, les deux techniciens sont embêtés : comment doivent-ils agir ? Oblitérer l'événement, comme si rien ne se passait ? Appeler le docteur Soon Yee pour lui exposer le dilemme ?

Les deux hommes décident d'opter pour le deuxième choix, malgré les risques qu'il comporte pour leur emploi. Mais qui d'entre eux appellera et subira la foudre en premier ? Ils s'engueulent un moment, se rappelant d'anciennes dettes et des paris depuis longtemps relégués aux oubliettes, avant d'opter pour une partie de roche-papier-ciseau.

Pendant ce temps, ils ne regardent pas les écrans qui leur montrent la cage de *plexiverre*. Ils ne remarquent pas que la température de la souris s'approche de 50°, ni qu'elle est prise de tremblements, alors qu'elle devrait normalement être morte. Ils ne voient pas les pattes s'agiter de spasmes, ni les yeux s'ouvrir, complètement rouges.

Soudain, dans un vacarme à crever les tympans, le bateau s'immobilise et toute la coque tremble en absorbant le choc.

Le navire a frappé un banc de sable qui n'aurait pas dû se trouver là. Dans le choc qui suit le freinage d'urgence, la cage commence à tanguer sur ses fondations.

La bête se réveille et comprend qu'il s'agit là de sa seule chance : elle s'élance à plusieurs reprises contre les parois, malgré les décharges électriques qui la parcourent. La cage tangue, puis finit par se renverser, entraînant dans sa chute celle des souris.

Une fêlure commence à prendre forme sur l'un des murs de *plexiverre*, puis à s'élargir sous les assauts répétés de la bête... La paroi éclate en miettes : la bête est libre !

Sans perdre un instant, elle s'élance vers l'escalier qui mène au pont et, dès qu'elle se trouve à l'air libre, elle saute dans l'eau du fleuve, direction la rive nord.

Dans le bateau, la souris morte se relève et titube vers ses congénères qui se répartissent dans les coins sombres de la cale.

Sur la terre ferme, la bête se secoue et se met en chasse.

Dix minutes plus tard, elle croise un couple qui marche paisiblement en regardant le fleuve, et, d'un cou de griffe chacun, elle leur ouvre la gorge puis se nourrit de leur sang, avant d'embrasser la plaie d'un long coup de langue.

Une heure plus tard, elle a déjà assassiné huit personnes et continue son périple vers le nord.

Quarante-cinq minutes plus tard, on dénombre, à Trois-Rivières, plus de cent appels au 911 concernant des assauts d'habitants sur leurs concitoyens...

Il est 22 h, le 25 avril 2008.

CHAPITRE 1

Espadrilles attachées, écouteurs crachant la voix suraiguë d'Axel Rose qui hurle *Welcome to the Jungle*, survêtement de sport, clés pendues autour du cou, Victor est prêt pour sa séance de jogging tardive. Il quitte l'appartement, descend quelques marches et sort de l'immeuble. L'air est froid malgré la fin du mois d'avril ; quelques congères s'attardent toujours sur les terrains ombragés, preuve que les records de précipitations hivernales ont encore été battus. Après quelques étirements de mollets et de quadriceps, Victor s'engage sur le trottoir d'un pas lent et régulier, plus près de la marche que de la course, question de se réchauffer avant de s'attaquer à la partie de son trajet où il augmente la cadence, avant de se donner à fond.

Il s'entraîne ainsi depuis 98 semaines. Il a perdu 72 kilos. Bouffe contrôlée, mesurée, édulcorée ;

jogging, musculation, vélo stationnaire, natation. Combinaison parfaite pour résultats assurés. Plus que cinq petits kilos et son objectif ultime sera atteint : 70 kilos. 154 livres. Son poids santé. La dernière fois qu'il a pesé aussi peu, il avait treize ans.

Cinq cents mètres : bout de la rue. Les lampadaires produisent un éclairage jaunâtre sur la chaussée. On se croirait dans un film à petit budget. Victor tourne à gauche, direction le cégep de Trois-Rivières. À droite, à trois cents mètres, se trouve l'école secondaire où il enseigne.

À l'embranchement, il lui reste encore deux cents mètres avant de changer de rythme. Le temps que la pièce de Gun's n' Roses se termine.

Le jogging est plus facile maintenant qu'il a perdu toute cette masse adipeuse qui le ralentissait. Ses mollets, désormais énormes et solides comme le roc, lui permettent de courir pendant deux bonnes heures sans se fatiguer, à une vitesse que peu de gens peuvent atteindre. Comme si le fait d'avoir été gros et lent l'avait poussé à s'assurer de devenir encore meilleur que ceux qui n'ont jamais connu les affres du surpoids.

Changement de musique. James Hetfeild scande *Frantic tic tic tic tac !* C'est le moment d'accélérer. La foulée s'allonge un peu, les genoux montent plus haut, la respiration s'ajuste.

Au début, Victor ne pouvait pas jogger à proprement parler : il marchait un peu plus vite, en sautillant. Il revenait chez lui complètement démoli, les genoux en feu, les pieds enflés, et se massait avec de la crème raffermissante et de l'Antiphlogistine pendant une bonne heure. Même les épaules y passaient : il n'avait tellement pas l'habitude de bouger ainsi que tous les muscles de son corps semblaient protester contre le traitement choc qu'il leur faisait subir.

Maintenant, courir est devenu une drogue. La natation et le vélo stationnaire ne réussissent plus à combler son manque. Il court tout l'hiver sur la piste intérieure du centre sportif de l'université. Ce soir, pour sa première course à l'extérieur depuis la mi-novembre, l'air frais sent bon, meilleur que celui du centre d'entraînement de l'UQTR imprégné des émanations de sueur des sportifs qui s'activent dans les gymnases. Le trottoir, sec et dégagé, permet une foulée sûre sans risquer de tomber. Déjà, il se sent grisé par la course, et ça ne fait que commencer.

Vic tourne sur la rue du cégep. Un kilomètre. Tout va bien. Il passe devant les résidences étudiantes. La soirée est tranquille. Les collégiens en fin de session sont plongés dans leurs livres ou *down-town* dans les bars, à profiter des promos du printemps. Les terrasses sont déjà ouvertes, agrémentées de néons chauffants, véritable appât pour les cégépiens et même les élèves de secondaire quatre et cinq qui découvrent les joies des terrasses, grâce à leurs fausses cartes, beaucoup trop tôt avant les vacances. Heureusement, Victor n'enseigne pas demain, c'est samedi. Il n'aura pas à faire face aux visages de lendemain de veille. Cette première année d'enseignement a beaucoup désillusionné Victor. Lui qui croyait pouvoir faire une différence dans la vie des jeunes, leur apporter son concours pour traverser des épreuves, il a réalisé que le métier d'enseignant tenait beaucoup plus du travail de policier et de gardien de prison que de la relation d'aide. Et qu'enseigner à des adolescentes nubiles qui jouent aux femmes fatales ressemble plus à de la torture qu'à de l'éducation.

Déjà sur la rue Laviolette. Deux kilomètres. Aucune douleur, pas encore soif. C'est bon signe. Il craignait un peu que cette première course extérieure soit plus difficile.

Victor passe à sa vitesse de croisière. Il tourne à gauche et longe le stade de football du cégep jusqu'au boulevard Des Récollets, sur lequel il s'engage, et court jusqu'à grimper la longue côte. Trois kilomètres. Il longe le cimetière Saint-Michel, dont les arbres se balancent dans le vent qui commence à souffler. Victor imagine le bruissement dans les branches aux bourgeons naissants, mais ne l'entend pas : ses oreilles sont comblées par le rythme rapide de la guitare de Zakk Wylde qui guide la voix d'Ozzy dans une version live de *Crazy Train*. Il s'envoie une gorgée d'eau grâce à une paille reliée à la gourde qu'il porte dans un sac à dos.

Du mouvement dans les fourrés, à travers les restants de neige, attire son regard. Il jette un coup d'oeil, mais ne remarque rien dans la noirceur ambiante. Il a l'impression fugace qu'on l'épie, qu'on le regarde, que quelqu'un, ou quelque chose, suit ses mouvements.

Il presse le pas, augmentant encore la foulée, malgré son souffle plus court et ses mollets qui commencent à brûler d'avoir monté la côte. Il jette un regard sur la chaussée, sans aucune voiture. Il s'engage alors à travers le boulevard et se retrouve dans les vieux quartiers, où il accomplit rapidement un autre bout de son trajet de prédilection, avant de revenir sur le boulevard Des Forges et d'atteindre le principal carrefour de la ville, à l'angle des boulevards Des Récollets et Des Forges.

Cinq kilomètres. Il commence à ressentir un peu de fatigue dans le bas du dos. Une autre rasade; la course achève.

Il longe le boisé de l'université et, malgré les accords lourds et rapides de Slayer crachés par ses écouteurs, il entend la musique du party qui secoue le bar étudiant: les Pingouins de Sydney Crosby ont sûrement gagné sur le Canadien.

Et la sensation revient, celle d'être épié, surveillé. Il suit la rangée d'épinettes et de bouleaux séparant l'UQTR du boulevard. Il jette de fréquents coups d'œil vers les bois, ne distingue rien, mis à part les flashes de lumières rouges et bleues provenant de la terrasse de la Chasse-Galerie.

Il traverse le boulevard, se retrouve encore près du cimetière Saint-Michel, et la sensation ressentie plus tôt revient à la charge. Qui est là qui le regarde? Il est seul dans les rues désertes et pourtant, il en est certain: quelque chose le suit des yeux, surveille ses pas, son avancée.

À toute vitesse, il tourne dans la cour du Gambrinus, dont la terrasse est presque vide, et coupe dans le stationnement avant de se retrouver sur sa rue. Il descend la côte, beaucoup moins prononcée que celle de Des Récollets et aboutit près de l'ancienne carrière abandonnée.

Alors il voit, du coin de l'œil, un groupe d'adolescents qui courent sur le terrain désert. Ils semblent excités, énervés. Ils doivent être encore sous l'émotion de la victoire à l'arraché de leur équipe favorite et avoir coupé par le cimetière.

Victor arrive près de son appartement et décide que sa course a assez duré pour ce soir. Il ralentit et sautille sur place avant d'entrer.

Son colocataire, Lucien, sirote une bière, bien calé dans le divan, face à la télé qui montre les analystes de *110 %* en plein débat. Lucien aime bien écouter les gérants d'estrade qui commentent les faits et gestes du CH...

Victor retire ses écouteurs comme son coloc lui demande :

« Je t'ouvre une bière ?

— Me reste à faire mon vélo. Tu m'donnes vingt minutes ?

— Pas de trouble, est dans l'fridge quand t'es prêt. »

Victor enlève ses souliers et se dirige vers sa chambre, en replaçant ses écouteurs. Marylin Manson l'accueille alors qu'il s'installe sur son vélo stationnaire. Il pédale à fond pendant vingt minutes, sans jamais regarder la photo de Violette sur sa commode.

Violette... Grande, rousse, une bouche en cœur qui embrassait si bien, des taches de rousseur qui lui donnaient cet air espiègle, des yeux bleus qui rappelaient un ciel d'été sans nuages. Et des seins ronds, fermes, et des cuisses qui l'enserraient si fort...

Il se rappelle ses commentaires lors de leur rupture, deux années plus tôt... Aujourd'hui encore, ils représentent sa principale motivation à continuer à s'entraîner, à maigrir, à se redéfinir physiquement.

Il sait qu'il ne pourra oublier Violette tant qu'il n'aura pas atteint son objectif. Il sait aussi qu'il sera bientôt libéré du fantôme de cette relation. Il sait qu'il sera bientôt capable de regarder la photo sans ressentir de trahison, de peine, de douleur.

Dégoulinant de sueur, le cœur battant à tout rompre, il se déshabille et se drape d'une serviette avant de se doucher, de se rhabiller, d'attraper une bière et de s'asseoir sur le divan.

« T'as écouté la *game* ?

— Avec des gars de la *job*. Ch't'arrivé pas longtemps avant toé.

— Pis ? Un bon match ?

— Pas vraiment. Y'ont été chanceux de pas se faire planter plus que ça.

— Et les experts, y disent quoi ?

— Bergie dit que les gars vont devoir patiner plus pis Perron que le *goaler* va devoir faire les arrêts clés. »

Ils rient. Victor boit une gorgée. Lucien aussi.

« Toujours la même chose, dans le fond.

— Ouais. Finalement, faudrait que les joueurs les écoutent. Y sauraient quoi faire ! »

Ils trinquent à ces paroles, puis *110 %* est remplacé par un flash de nouvelles.

La présentatrice, professionnelle malgré l'annonce récente de la coupure des infos à TQS, énonce, d'un ton grave : « Le service de police de la ville de Trois-Rivières recommande aux habitants de la ville de demeurer à la maison ce soir pour ne pas nuire à une opération policière d'envergure sur laquelle nous ne possédons pour le moment aucun détail. Le maire, averti de la situation, demande aux citoyens de collaborer avec la police et de limiter leurs déplacements, de bien verrouiller les portes de leurs maisons et d'attendre le lever du jour pour sortir à l'extérieur. La présence policière dans les rues de la ville sera renforcée pour la nuit, grâce à l'aide de la Sûreté du Québec. »

« Quessé qui peut ben se passer ?... Une chance qu'on a assez de bière ! lance Lucien.

— Et de bouffe. As-tu des films ?

— J'ai vu un spécial tantôt : deux vieux films d'horreur des années 70 pour 10 piasses. J'ai pris la version couleur de *Night of the Living Dead* pis *Rosemary's Baby.* Lequel tu veux ?

— Je te laisse choisir. Tant qu'on a de la bière, ça me va. »

Lorsqu'ils se couchent, vers trois heures du matin, la tête embrumée par l'alcool de ses trois bières, Victor rêve de Violette. Ils baisent trois fois dans la nuit, dans ses songes, et il lui fait regretter d'être partie avec un autre gars, de l'avoir trompé, de lui avoir dit qu'il était trop gros pour être beau. La

Violette de ses rêves s'excuse en pleurant, se flétrit et disparaît en poussière alors qu'il la tient encore par les reins.

INTERMÈDE 1

LE MINISTRE DE LA SANTÉ PUBLIQUE est réveillé vers 2 h du matin par le chef du service de police et le maire de Trois-Rivières. Quinze minutes plus tard, suite à la description des événements, il entre en vidéoconférence avec le ministre de la Sécurité publique. Ils décident de réveiller le premier ministre et de lui exposer la situation.

Vers 2 h 30, le premier ministre réalise qu'il n'a pas le choix : il doit appliquer le Protocole Reston.

À 2 h 31, le téléphone du premier ministre du Canada sonne à son tour.

CHAPITRE 2

DES COUPS RÉPÉTÉS à la porte de l'appartement tirent Victor de son sommeil.

La bouche pâteuse et les boxers collés à la peau par la sueur et le sperme, empêtré dans une doulou-reuse érection, il ouvre lentement les yeux.

Les coups sont lourds et espacés. Vic regarde son cadran : il n'est que sept heures, samedi matin. Qui peut bien frapper à la porte à cette heure-là ? Lucien n'a sûrement rien entendu : il doit dormir avec ses écouteurs.

Victor se lève et s'étire. Dehors, le soleil se pointe entre les arbres. Le cri des corneilles l'agresse. Il jette un œil à l'extérieur. La rue est déserte. Aucune voi-ture. Selon toute évidence, les gens ont suivi le con-seil du service de police.

Dans l'entrée du bloc, une voiture est stationnée : Raoul est arrivé. Depuis qu'il sort avec une comptable de la Rive-Sud, il ne dort jamais chez lui. C'est probablement lui qui cogne. Un oubli de clés, sûrement. Heureusement pour lui, Victor et Lucien en gardent un double pour les situations d'urgence.

Vic enfile un chandail de laine au grand col en V, tout effiloché, jadis trop petit. Maintenant, il lui flotte sur le dos mais est serré autour des biceps.

En arrivant dans le vestibule, Victor remarque que le chat de Lucien fixe la porte, le dos rond, la queue dressée, prêt à cracher et à bondir.

« Relaxe, Jack. C'est juste Raoul. »

Pour vérifier ses dires, Vic regarde par l'œil magique et aperçoit en effet Raoul, debout, qui frappe mollement la porte.

Raoul, couvert de sang, la joue gauche en bouillie laissant voir sa mâchoire.

En vitesse, Victor déverrouille la porte et l'ouvre. Raoul chute vers le tapis, et Vic le rattrape avant qu'il ne s'affale au sol.

« LUCIEN !!! » s'écrie Vic tout en tirant Raoul vers le divan. Il soulève son voisin et l'étend en position de sécurité, comme il l'a appris dans ses cours de secourisme. Il court vers la chambre de Lulu et ne prend pas le temps de cogner : il ouvre la porte à pleine volée. Lucien est assis devant son ordinateur et l'écran montre la plus grosse paire de seins que Victor ait vu de sa vie. Lulu se retourne, surpris, et cache son érection dans ses boxers.

« Tu finiras ça tantôt, champion. Raoul est en train de crever dans notre salon ! »

Lucien se lève et se précipite avec Vic dans le salon.

La poitrine de Raoul ne se soulève plus.

« Merde ! » s'écrie Lucien.

Il s'agenouille devant son voisin et le tourne sur le dos. Il appose ses doigts sur la gorge de Raoul : aucune pulsation.

« T'as vu la quantité de sang sur lui ? Tu penses que c'est le sien ? demande Victor.

— Ch'sais pas ! Tu masses ou tu souffles ?

— J'masse. Appelle l'ambulance. »

Victor s'approche et pose ses mains sur le sternum de Raoul. Il appuie cinq coups, puis hésite un moment : s'il souffle dans la bouche de Raoul, est-ce que l'air va se diriger vers la trachée et les poumons ou vers l'extérieur par la joue détruite ?

Il doit tenter sa chance : il expire et la poitrine de Raoul se soulève un peu.

Lucien compose le 911, mais personne ne répond. Il n'entend qu'un message préenregistré : « Tous nos préposés sont présentement occupés. Veuillez rester en ligne... »

Il place le combiné en mode mains libres et le même message joue inlassablement tandis que les deux colocs tentent de réanimer leur voisin.

« Ça donne rien ! Comment ça qu'le 911 répond pas ? »

Victor s'effondre et ne peut retenir ses larmes. Raoul, le gars qui l'a aidé à s'entraîner, au début, qui l'a soutenu, encouragé, est mort. Dans son salon.

Le divan est imbibé de sang. Le chat s'approche lentement du corps de Raoul. Lucien n'a pas la force de l'enlever de la flaque rouge qui s'étend sur le sol.

Depuis combien de temps Raoul se butait-il contre la porte sans réveiller ni Victor ni Lucien ? S'ils l'avaient entendu avant, vivrait-il encore ? Comment a-t-il pu perdre autant de sang ?

« Ça se peut pas, Lulu. Raoul peut pas être mort dans not'salon. »

Lucien fixe le divan sans répondre. Il est aussi secoué que son coloc. Lui aussi connaissait Raoul depuis longtemps.

Le chat lape le sang qui a coulé sur le tapis. Lucien lui balance une taloche qui le fait déguerpir.

La voix du message préenregistré parvient encore du haut-parleur du téléphone. Lucien raccroche.

« Qu'est-ce qu'on fout ? On peut pas le laisser là... dit Victor.

— Faudrait y fermer les yeux en tout cas.

— Je sais pas.

— J'ai vu des centaines de morts à la télé, man, mais jamais en vrai. Je suis même jamais allé dans un salon... »

Le reste de la phrase de Lucien se perd dans le gargouillis de son vomi alors qu'il se lève et court vers les toilettes pour ne pas gerber partout. Victor le regarde sans rien ressentir.

Ils ne peuvent pas laisser Raoul comme ça, les yeux ouverts comme un con vers le plafond trop blanc de l'appartement. Il s'approche de son ami et lui ferme les paupières. Il est surpris de la température de la peau de Raoul : il est encore bouillant, alors qu'il devrait avoir refroidi, non ? Comment se fait-il que sa chaleur corporelle demeure constante ?

S'il a bien compris en écoutant CSI, la température commence à descendre dès que le cœur cesse de battre et que le sang arrête de circuler. *Bon, peut-être que ça prend quelques minutes...* se dit-il.

Pendant que la douce mélodie du dégueulis de Lucien continue, Victor recompose le 911, pour entendre de nouveau le message préenregistré. Il a alors l'idée d'allumer la télé et de syntoniser LCN, en espérant apprendre ce qui se passe de si grave à Trois-Rivières pour que les services d'urgence ne répondent pas. À croire que l'« opération policière » de la veille a mal tourné.

Dès que l'image apparaît, Victor reconnaît le pont Laviolette, filmé depuis l'hélicoptère de TVA. Il monte le son. La voix de Maxime Landry annonce : « Eh oui, Ève-Marie, la ville de Trois-Rivières est complètement coupée du reste du Québec depuis cinq heures ce matin. »

Split-screen. Les images de la ville continuent de défiler à droite et l'animatrice blonde apparaît à gauche.

« Expliquez-nous, Maxime, ce que vous savez de cette rocambolesque histoire.

— Comme vous pouvez le voir, Ève-Marie, le pont Laviolette est fermé à toute circulation, tout comme les autoroutes 40 et 55. Tous ce que nous savons, c'est que vers minuit, le standard téléphonique du 911 était débordé devant un volume d'appels jamais vu.

— Et Maxime, dites-moi, pourquoi avoir isolé la ville ?

— Il nous a été impossible de rejoindre les autorités, Ève-Marie. Les journalistes de CHEM, notre station trifluvienne, n'en savent pas plus que nous.

— Assez étrange comme situation. La centrale nucléaire de Gentilly pourrait-elle avoir un quelconque rapport avec les incidents?

— Pour l'instant, nous n'en savons rien. Vos spéculations ont autant de valeur que les miennes. Les résidents de Trois-Rivières sont invités à nous transmettre leurs photos... »

Victor n'écoute plus pendant que la caméra de l'hélicoptère TVA effectue un tour d'horizon et montre les autoroutes vides coupées par des barrages de véhicules de police. Le message préenregistré du téléphone s'arrête en émettant un clic sonore. Victor raccroche le combiné et reporte son attention sur la télé.

« ... sur place bientôt. Pour ceux qui devraient voyager d'est en ouest, vous devez prendre l'autoroute 20 sur la Rive-Sud, accessible par les différents traversiers, dont celui de Saint-Ignace–Sorel, ou par les ponts de Montréal et Québec. »

« Crisse, ça se peut pas. Ça va être la panique totale », se dit Victor.

Il jette un œil dans la rue : vide. À croire que personne n'est réveillé. Il attrape son cellulaire et recompose le 911. L'appareil ne trouve pas le réseau sans fil.

« Réseau le plus fiable mon cul. »

Le bruit de la chasse d'eau lui fait tourner la tête vers la salle de bain. Lucien, les yeux rouges, les cheveux ébouriffés, s'essuie les lèvres et s'arrête dans l'entrée du salon, la bouche grande ouverte, les yeux ronds.

« Ça va, man ? Qu'est-ce que t'as ?

— Ra... Ra... Raoul...

— On peut rien y changer, Lulu. Faut vivre avec ça.

— No... non. Il... »

Lucien lève une main et pointe le divan. Victor se retourne.

Raoul est debout. Sur ses deux pieds. Les yeux ouverts, mais vides. Comme s'il était complètement gelé. Les bras tendus vers l'avant, la bouche béante, il fait un premier pas vers Victor. Le geste secoue Vic qui se lève en vitesse, parcouru d'un frisson, tous ses instincts lui ordonnant de fuir, de se sauver.

« Crisse, ça se peut pas ! Y'était mort ! » s'écrie Victor.

Il recule vers Lulu pendant que Raoul avance d'un autre pas, chancelant, en tournant lentement la tête vers eux.

« Bordel, c'est pas en train d'arriver... dit Lulu.

—Q'est-ce qu'y crisse deboute ? Y'était mort ! »

Les deux colocs reculent dans le couloir pendant que Raoul avance vers eux, son pas de plus en plus assuré.

« Fuck ! C'est pas normal. Pourquoi y dit rien ? »

Jack le chat passe entre les jambes de Raoul. D'un geste précis et vif, le voisin se penche et ramasse le chat par la queue. Il le lève à hauteur de ses yeux, et comme l'animal se retourne vers lui pour le griffer, Raoul lui prend le cou et tire d'un coup sec.

La tête s'arrache dans un affreux craquement devant le regard horrifié des colocs. Raoul avance son visage et s'asperge du sang du chat.

« Câlisse ! Heille le malade, lâche mon chat », s'écrie Lucien en avançant vers Raoul.

Vic l'attrape par le bras et le retient en murmurant : « J'pense pas que t'aille envie de... »

Il est interrompu par le long râle qui s'échappe de la gorge de Raoul, dont le regard se fixe sur eux. Le visage maculé de sang, les yeux rouges, il jette le cadavre du chat par terre et tend les mains vers l'avant, comme si elles tentaient d'agripper quelque chose dans le vide. Il avance avec plus d'aplomb vers les deux colocs.

Les deux gars sont presque rendus au bout du couloir, dans la chambre de Lucien. Victor sent la sueur lui couler dans le dos : il sait que s'ils se laissent piéger dans cette pièce, ils risquent de ne pas pouvoir en sortir. Raoul, ou plutôt le cadavre vivant de Raoul, les aura à sa merci dans la chambre sans issue.

Il tend la main dans la salle de bain, dernière étape avant l'antre de Lulu, et ramasse le premier objet qu'il touche.

D'un mouvement brusque, il projette le fer à repasser vers son voisin. L'objet le frappe en plein front. Raoul s'effondre sur le dos. Le fer à repasser fait quelques bonds derrière lui avant de s'immobiliser, la pointe dans la mâchoire du chat mort.

Victor avance de quelques pas : Raoul ne bronche pas. Il se penche vers son voisin, sans oser lui toucher, dit : « Raoul ? Raoul, ostie, répond ! » pendant que Lucien s'effondre au sol et regarde son chat mort en tentant de ne pas se vomir les tripes une autre fois. Vic se tourne vers son coloc.

« Qu'est-ce qu'on fait Lulu ? Y'est peut-être juste assommé.

— Y'est pas assommé, y'est mort. Tu veux faire quoi ? Le re-tuer ?

— T'as vu comment il a changé quand il a bu...

— Pas besoin d'en rajouter, Vic. On est pas dans un film d'horreur. Ça se peut pas, dans vraie vie, quelqu'un de mort qui revit.

— Toutes les cultures parlent de créatures qui reviennent d'entre les morts.

— Ça prouve rien.

— D'un point de vue anthropologique, oui.

— Je vais t'en faire, moi, de l'anthropo », dit Lucien en entrant dans sa chambre.

Il revient avec sa petite caméra numérique.

« Qu'est-ce que tu fous ?

— On va *shooter* ça su'l Web. Tout l'monde s'ra témoin...

— Personne nous croira...

— Ben au moins on aura une preuve. »

Un râle de Raoul les ramène à la réalité : leur voisin est encore vivant. Lucien actionne la caméra et pointe l'objectif vers Raoul.

« Y faut pas le laisser se relever ! » s'écrie Victor en se précipitant vers Raoul, bousculant Lucien au passage.

Il ramasse le fer à repasser et en assène un bon coup sur crâne du mort, sous l'œil attentif de la caméra.

« Crisse, man, c'tait trop hot !

— Ostie qu't'es con ! Faut le tuer si on veut pas se faire attaquer encore.

— T'es capable de... ?

— J'sais pas. Si tu me dis qu'y faut y couper 'a tête ou y'enfoncer un pieux dans l'œil, j'pas certain que j'peux. »

La caméra a tout enregistré, du regard halluciné de Victor à sa grimace de dégoût. Lucien s'applique à ne pas filmer le cadavre de son chat.

« On pourrait peut-être juste le j'ter par la porte du balcon.

— Pis après, on fait quoi ?

— On verra rendu là. On ira loader le film sur YouTube. »

Victor ouvre la porte du balcon pendant que Lucien installe la caméra sur son trépied, puis ils soulèvent Raoul, sortent et le lancent sur le sol. Il s'y écrase avec un bruit mat qui se perd dans la rue déserte et silencieuse.

Une rue morte.

En refermant la porte, Victor voit, au bout de la rue, une silhouette qui se découpe dans les rayons éblouissants du soleil. Une silhouette qui avance lentement, en clopinant, la tête inclinée.

« Fuck, Lulu, on dirait que Raoul est pas tout seul dans sa gang ! » dit-il en verrouillant la porte, malgré ses mains qui tremblent et la terrible envie de vomir qui lui monte à la gorge.

INTERMÈDE 2

À 3 HEURES SONT RÉUNIS, en vidéoconférence, le premier ministre du Canada, celui du Québec, le ministre fédéral responsable de la Défense nationale, les ministres de la Sécurité publique et de la Santé ainsi que le chef d'état-major de la Défense. Ils tiennent tous un petit cartable bleu, frappé du signe de l'ONU et de la mention TOP SECRET.

Le document est le fruit de réunions secrètes des chefs des nations du G8, suite à l'épidémie du virus Ebola survenue à Reston, dans l'état de Virginie, en 1989. La souche de la fièvre hémorragique, transmissible par contact direct avec les liquides organiques, s'y est révélée transmissible par voie aérienne, donc par l'air expulsé des poumons d'un humain infecté. Heureusement, cette souche n'était pas mortelle pour l'homme, mais la panique causée par le virus a poussé l'ONU à établir, à huis clos, le Protocole

Reston, qui stipule qu'en cas de contamination bio-logique d'origine vraisemblablement virale (ou inconnue), il est du devoir de l'État concerné de cir-convenir l'épidémie dans une zone définie et de s'as-surer, par tous les moyens possibles, que la contagion ne dépasse pas la zone en question. Contenir les risques de propagation devient prioritaire, ce qui relègue le sauvetage des survivants au second plan.

À 3 h 30, la décision est prise : la ville doit être mise en quarantaine.

À 5 h, les barrages sont en place.

CHAPITRE 3

VICTOR ET LUCIEN ont ramassé les coussins du divan
et le cadavre du chat et ont tout mis dans des sacs à
poubelle. Dehors, le soleil monte. Il n'est que 9 h,
mais déjà, la journée semble interminable. La caméra
qui roule toujours a tout enregistré.

Victor a calé un grand verre d'eau froide avant de
se servir un rhum, sans glace ni Coke.

« Je vais t'en prendre un aussi », dit Lucien.

Ils boivent tous les deux le remontant qui leur
brûle la gorge. Lulu toussote et se racle la gorge.

« Monsieur Alain, que pensez-vous de la situation
que vous venez de vivre ? » demande-t-il en imitant
Josélito, en pointant la caméra sur son coloc.

Vic ne répond pas. Il se sert un autre verre. Sur le
mur, l'horloge égrène les secondes ; en face, les filles
des calendriers de CHOI des dernières années le
regardent d'un air lubrique qui le laisse indifférent.

« Le gars de TVA... y'a dit que la ville était isolée. On devrait l'appeler pis y raconter c'qui vient d'se passer. Peut-être que ça ferait bouger les choses.

— Bonne idée. On pourrait y envoyer le lien vers notre *channel* YouTube. On devrait faire ça en premier, même. »

Ils se dirigent tous les deux vers l'ordinateur dans la chambre de Victor, sans regarder les traces de sang par terre. Dans l'œil de la caméra, c'est plus facile : dans la réalité, Lucien et Victor savent tous deux qu'ils pourraient craquer à tout moment. Pendant que Lucien branche l'appareil, Victor active son navigateur Internet.

Les images commencent à s'enregistrer sur le disque dur alors que l'ordinateur cherche à établir la connexion au Web.

« On dirait qu'le modem marche pas », dit Lulu.

Sur le petit boîtier bleu, les lumières sont éteintes, sauf celle qui indique que le courant électrique se rend bien à la boîte.

« *Man*, c't'un complot. Y'ont coupé Internet ! s'exclame Victor.

— Ben voyons. Ça s'rait qui, d'après toi ?

— Le gouvernement... l'armée, la police. Je sais pas. Mais y'a des gens qui veulent pas qu'on diffuse des images.

— Tu capotes. C'est p't'être juste le modem qui *reboot*.

— On va attendre, pis tu vas voir que j'ai raison. »

Ils patientent pendant que le modem, puis le routeur, se réactivent et que l'ordinateur tente d'établir le contact avec le monde extérieur.

« Ça marche pas, dit Lucien. Mais ça veut pas dire que t'as raison.

— Je sais quoi faire : on va aller voir chez Raoul si Internet rentre. »

Victor se lève et se dirige vers la sortie de l'appartement, bientôt rattrapé par Lucien, qui lui saisit le bras et lui demande : « T'es sûr qu'tu veux sortir ? »

Victor se retourne vers lui.

« Si sont pas dins escaliers, pourquoi pas ? »

Le regard de Victor tombe sur la grande fenêtre du salon. Raoul s'est relevé, les pieds plantés dans l'herbe jaune, et a été rejoint par trois autres hommes couverts de sang, le regard vide. Raoul semble être celui qui a le plus de vigueur.

Lucien se retourne et voit lui aussi les monstres qui tournent en rond.

« On dirait qu'y savent pas quoi faire. Pourquoi y restent plantés là ? Pis c'est quoi leur fuck ?

— Raoul sait qu'on est là. Quek'part, dans sa tête, y s'rappelle qu'y reste icitte. Pis qu'on est là. Tu veux toujours sortir ?

— Si y sont encore dehors, j'peux ben essayer d'aller chez Raoul. C'est juste la porte d'à côté.

— OK. Moé j'reste icitte pis j'les surveille.

— Comme tu veux. »

Victor prend les clés de l'appartement de Raoul dans la penderie du vestibule et regarde par l'œil magique. Le palier est vide.

Il ouvre la porte. Là où se tenait Raoul, à peine une heure plus tôt, une immense flaque de sang imbibe le tapis. L'escalier aussi en est couvert : les traces rouges s'étendent de l'autre côté de la porte, à l'extérieur, comme si Raoul avait commencé à saigner dans l'allée menant à l'entrée du bloc. Comment avait-il pu s'ouvrir la joue ? Il n'avait pas pu y arriver tout seul : quelqu'un, ou quelque chose, l'avait sûrement aidé.

Quelque chose qui l'avait blessé en lui permettant de revenir d'entre les morts...

Victor se secoue. Il doit agir avant que les monstres, dehors, réalisent qu'il est sorti de l'appartement.

Il se tourne vers la porte attenante et la déverrouille en moins de deux. Lucien ferme la porte de leur appartement en même temps que Victor s'enferme dans celui de Raoul.

L'appartement de Raoul, le fanatique de médiéval. Des rideaux suspendus au plafond cachent les murs ; des chandeliers, des gargouilles de fausse pierre, de grandes affiches de dragons et de magiciens et même deux épées croisées sur un bouclier ornent les bouts laissés libres par les rideaux.

Il se dirige vers la pièce du fond, « l'antre du Maître », comme l'appelle, l'appelait, Raoul. C'est là qu'il gardait ses multiples ordinateurs. Raoul étudiait, en informatique pour travailler dans les jeux vidéo. Déjà, il participait, comme pigiste, à la création d'univers.

Coup d'œil rapide : ici non plus, les modems ne fonctionnent pas. Seule la petite lumière du courant

électrique est allumée. Aucune chance. Pourquoi le
réseau est-il en panne en ce moment ?

Et la télé, elle ? Victor se précipite au salon et
allume l'appareil. De la neige. Rien que de la neige à
tous les postes. Raoul a le même fournisseur pour le
câble et l'Internet. Peut-être qu'avec juste l'antenne...
Vic débranche le fil, mais rien. TVA, TQS, Télé-
Québec ne répondent pas. À Radio-Canada, une
image floue se distingue dans les vagues grises, mais
rien de précis. Et pas de son non plus.

Trois-Rivières est-elle coupée du reste de l'univers ? Internet et la télé sont-ils coupés partout ? Il
faudrait vérifier la radio et le téléphone. Comme
Victor avance vers la chaîne stéréo, le grincement de
la porte du bloc qui s'ouvre l'arrête en plein élan. Le
bruit est suivi d'un raffut dans la cage d'escalier : pas
traînants, râles, poings qui s'abattent mollement sur
les murs... et bientôt sur le battant.

Les battants. Celui de son appartement autant
que celui de Raoul.

Ils sont prisonniers !

À moins que...

Vic se précipite vers la porte arrière, dans la
cuisine, et colle son oreille contre la porte.

Tout est calme. Les morts n'ont pas compris qu'ils
doivent contourner le bloc pour encercler les vivants.

Vic va ouvrir la porte lorsqu'il s'arrête : il n'a pas
ses clés, seulement celles de Raoul. Il ne pourra pas
rentrer chez lui. Sauf si Lucien lui ouvre la porte.
Mais comment le demander à Lucien sans alerter les

morts? Ils comprendront bientôt qu'il y a une entrée à l'arrière.

Le téléphone... Victor trouve la base de cellulaire de Raoul, mais le combiné n'y est pas raccroché. Raoul doit l'avoir sur lui. Pas moyen de rejoindre Lulu pour qu'il lui ouvre. Victor observe le débarras caché par des portes-accordéon, dans la cuisine. Il les pousse et tend un bras entre deux planches.

La profondeur est bonne : le fond de cette armoire communique avec le fond de celle de sa salle à manger. Entre les deux, il ne doit y avoir qu'une épaisseur de quelques centimètres entre les deux parois de *gyproc* qui ne devraient pas être trop difficiles à briser. En vitesse, Victor vide le débarras et, comme il ne trouve rien pour frapper le mur, il s'assure de se situer entre deux poutres de soutènement et balance son poing de toutes ses forces.

Son bras s'enfonce aisément dans le plâtre. Il ressort sa main à peine égratignée et entreprend d'enlever le *gyproc* en grandes plaques. Puis, lorsque le mur est dégagé, d'un bon coup de pied, il perce le mur de son propre appartement.

« Lucien, viens m'aider ! » dit-il.

Son coloc arrive et le regarde un moment sans sembler comprendre ce qui se passe.

« Y sont là, Vic. Juste d'l'autre côté d'la porte.

— Ouin j'sais. Aide-moi à r'venir dans l'appart ! On va trouver une solution.

— Si t'as réussi à décrisser le mur aussi vite, y vont le faire vite aussi. Y'ont juste à frapper assez fort. »

Victor arrête de se dégager un passage. Lucien a raison. L'appartement ne sera pas sécuritaire encore longtemps. Il faut qu'ils se sauvent.

« Une chose à fois. Vide l'armoire, que j'passe. »

Deux minutes plus tard, Victor et Lucien sont debout au milieu de leur cuisine, entre leur bac de recyclage et des caisses de bières vides.

« Faut téléphoner. Peut-être qu'on pourrait r'joindre que'qu'un. »

Lucien se rend au combiné mural. Aucune tonalité. Victor déplie son cellulaire mais est incapable d'établir la connexion au réseau.

« Y'a rien qui marche. Tout a été coupé : l'Internet, le téléphone, le cellulaire, la télé, la radio, toute !... Merde, man, qu'est-ce qui se passe ?

— Faut s'en aller. On pourrait se pousser par la porte arrière.

— Pour aller où ? Et comment ? »

Ni l'un ni l'autre n'a de voiture. Victor a bien un vélo, mais jamais ils ne tiendront à deux sur l'engin de course encore rangé dans le cabanon dans la cour de l'immeuble. Lucien est un abonné de la marche et de l'autobus. Victor lance un regard par la fenêtre arrière : pas de chance, aucune voiture dans le stationnement. Il y a bien celle de Raoul, stationnée en avant, mais c'est beaucoup trop risqué. Surtout qu'ils n'ont pas les clés.

« On pourrait courir, suggère Victor.

— C'est vrai qu'y ont pas l'air vite, mais ça va donner quoi ? On va aller où ?

— Ça nous prendrait une place avec des murs épais pour s'cacher pis s'défendre facilement. Idéalement avec d'la bouffe pis d'l'eau. Ou on s'rend sur l'autoroute. Si y'a un barrage, y'a des policiers. Quand y nous verront... »

Lucien est sur le point de répondre quelque chose lorsqu'ils entendent un cri à l'extérieur.

« Y'a quelqu'un ? Aidez-moi ! »

INTERMÈDE 3

Très peu de gens furent témoins de l'incident. En fait, ceux qui auraient pu apercevoir les deux hélicoptères de l'armée qui s'enlignaient dans une trajectoire d'interception étaient occupés à tenter de survivre dans les rues de la ville, ou étaient terrés dans leurs maisons, à l'abri du déferlement de cadavres ambulants cognant à leur porte. Seuls quelques inconscients avaient levé le nez en entendant le vrombissement des deux Griffons complètement noirs qui prirent en chasse l'hélicoptère blanc orné du cube, de la sphère et de la pyramide.

Des avertissements avaient été servis au patron de la corporation propriétaire de la station de télévision et de l'hélicoptère. Des menaces de représailles avaient été énoncées. L'hélico devait cesser de filmer la ville et ses environs et retourner à Montréal, les enregistrements effectués devaient être remis aux autorités. Arrogant, le patron avait répliqué que le droit à l'information primait sur les menaces, même explicites, et il avait ordonné au pilote et au journaliste de continuer leur travail.

Lorsque le journaliste l'avait appelé, en panique, pour lui dire que deux hélicos non identifiés, mais vraisemblablement militaires, les avaient sommés de déguerpir de cet espace aérien, le patron avait blêmi et hésité un long moment. Un trop long moment.

Il avait entendu le journaliste crier juste avant que les missiles tirés par les hélicoptères ne le fauchent.

Le patron avait raccroché, en panique, comme on sonnait à la porte de son immense domaine.

Les deux hommes vêtus de complets, très polis en apparence, avaient beaucoup insisté pour obtenir sa pleine coopération. Comme il ne souhaitait pas que sa femme et leur enfant disparaissent dans d'atroces circonstances, décrites en détail par les deux gentils messieurs, le patron avait accepté avec empressement de coopérer avec eux. Il avait aussi accepté de transmettre l'explication officielle à ses employés à propos de l'hélicoptère malheureusement victime d'une défaillance à proximité de lignes électriques.

CHAPITRE 4

Ils se précipitent à la fenêtre de la cuisine et Victor grimpe sur le comptoir. Il aperçoit, dans la rue, une fille, début vingtaine, qui court au milieu de la chaussée.

Derrière elle, une horde de macchabées la poursuit d'un pas rapide.

« Y'a une fille dehors. Poursuivie.

— Qu'est-ce qu'on fout ? demande Lucien.

— Faut la faire entrer ! »

La fille approche de la cour arrière quand Victor remarque que d'autres silhouettes titubantes arrivent de la rue voisine, tandis que deux morts, qu'il reconnaît pour les avoir vus devant son immeuble, traversent le stationnement en se dirigeant vers elle.

Elle est prise au piège entre trois groupes qui convergent.

« Vic, si on ouvre la porte, y vont pouvoir entrer !

— Ouvre la fenêtre ! »

Victor ouvre la fenêtre au-dessus de l'évier et crie : « Par ici ! »

La fille lève la tête et l'aperçoit.

Les morts aussi.

« Lulu, *shoot*-moi un couteau ! »

Lucien s'exécute et Victor s'attaque à la moustiquaire, qu'il fend tandis que la fille court vers eux.

Arrivée devant les deux morts qui lui coupent sa voie d'évasion, elle s'arrête à peine le temps d'en frapper un à la tête d'un coup de pied et de le pousser vers son voisin. Les deux créatures s'effondrent dans un mélange de bras et de jambes tandis que la fille reprend son élan. Elle saute, appuie un pied sur le mur pour gagner de la hauteur et Victor lui tend une main, qu'elle attrape. Il s'accroupit sur le comptoir de la cuisine et commence à tirer.

« Grimpe ! » crie-t-il à la fille.

En bas, les morts s'approchent de plus en plus rapidement, la perspective de perdre leur proie les pousse à presser le pas.

La fille se propulse sur la brique de ses pieds ensanglantés tandis que Victor tire de toutes ses forces, jusqu'à ce qu'elle soit en mesure de s'agripper au rebord de la fenêtre. Alors Victor se déplace, la prend par les aisselles et l'aide à se glisser dans l'appartement. Elle est rattrapée par Lucien, qui l'aide à s'asseoir sur une chaise de cuisine.

Victor referme la fenêtre. En bas, les morts lèvent leurs yeux rouges vers lui et les longs râles lui donnent froid dans le dos. Il se retourne vers leur invitée, à qui Lucien sert un grand verre d'eau. Elle boit d'un long trait, puis leur sourit, malgré la tache de sang qui s'élargit sur sa camisole.

« Merci. Moi c'est Sara.

— Victor. Lucien », dit Victor.

Lucien hoche la tête :

« M'a te chercher quèke chose pour les pieds. J'reviens.

— C'était un bon coup que tu lui as donné, dit Victor.

— Cinq ans d'arts martiaux pis j'tais full figée au début. Y'aurait fallu que j'frappe plus vite, avant qu'y s'rapprochent. »

À l'extérieur, la rumeur formée des râles des gorges déchirées de dizaines de morts s'amplifie. À l'avant, on entend encore les autres qui frappent la porte et les murs sans grande conviction.

Lucien revient à la cuisine avec des bandages, une chaudière d'eau, des chiffons et de l'onguent.

« J'vais essayer de pas t'faire trop mal, mais j'peux pas te garantir...

— Gêne-toi pas. Ça fait déjà mal.

— Attends, v'là quelque chose pour la douleur. »

Victor ouvre la porte d'armoire et en sort une boîte d'analgésiques extra-forts. Il en tend deux à Sara et lui donne aussi un verre de rhum.

« Avec ça, ça devrait diminuer la douleur.

— Merci. »

Elle place les deux comprimés dans son verre et avale le tout d'un trait.

Lucien trempe un chiffon et s'applique à laver le dessus du pied droit, puis le dessous, où la peau ne tient plus que par lambeaux.

Sara grimace de douleur et se mord la lèvre inférieure devant le regard désemparé de Victor.

« Tu veux nous raconter c'qui t'est arrivé ?

— Mon chum est sorti ramasser l'journal à 7 h. Quand y'est rentré, y'avait les mains vides pis y s'est planté dans le salon. Le temps qu'j'me rende à lui, y'était... différent. Y m'a attaquée mais j'l'ai frappé. Chu tombée su'a table du salon, pis j'me suis déchiré une partie du ventre. Pis mon chum y'est viré fou quand y'a vu le sang. Y s'relevait tout le temps, jusqu'à ce que j'le frappe à tête. Là, y'a arrêté de bouger. »

Victor hoche la tête : cette pensée l'avait effleuré. Il faut les frapper à la tête.

« Pis après ça ?

— J'comprenais rien pis j'avais mal aux côtes. J'me su faite un pansement en vitesse, mais j'pensais que j'm'étais cassé d'quoi. J'ai voulu m'rendre à l'hôpital, mais quand chu sortie, y'avait plein de maganés dans rue. Y m'ont r'gardée pis y'ont avancé vers moi. Fac j'ai commencé à courir. J'ai perdu un soulier, pis j'ai enlevé l'aut' en courant. »

Sara se tait et regarde en alternance Victor et Lucien, qui finissent par se rapprocher d'elle, puis Victor lui raconte ce qui s'est passé dans leur appartement.

« Y'a vraiment rien à comprendre, hein... »

Ils hochent tous deux la tête et Lucien termine de laver les pieds de Sara. Il lui applique l'onguent qu'il a trouvé, provoquant une grande chaleur et un immense soulagement chez elle et lui bande les deux pieds, qu'il recouvre d'une paire de bas de laine.

Un grincement de porte qui s'ouvre... les morts sont entrés dans la cage d'escalier arrière.

« J'te dirais ben de pas marcher pendant une coup' de jours, mais ça m'surprendrais qu'on niaise icitte encore longtemps.

— J'vas aller aux toilettes refaire mon pansement. Vous avez des compresses pis du *tape*? »

Lucien va chercher sa chaise à roulettes et l'y installe. Il la roule jusqu'à la salle de bain, où il lui remet une trousse de premiers soins maison.

Dans le silence ponctué des râles des macchabées, Victor et Lucien se regardent sans parler.

Ils sursautent quand de violents coups sont frappés à la porte arrière.

Lucien peste et demande, comme Sara revient à la cuisine :

« Comment qu'on sort? »

Victor hausse les épaules.

« Moi j'me d'mande où on va.

— J'y ai pensé. Y'a un manège militaire au centre-ville. »

Sara soupire :

« C'est loin.

— Mais là-bas, y'a des soldats. Pis si y'a personne, au moins y'a sûrement une ligne direct avec que' qu'un qui pourra nous aider. »

Sara les regarde en alternance.

« Non, non, pas b'soin d'aller à base militaire. On a juste besoin d'une radio à ondes courtes. Avec ça, la police pis les militaires vont nous capter pis y sauront qu'y a des survivants. »

Victor réfléchit à toute allure. La difficulté n'est pas tant de sortir de l'appartement : il faut réussir à réussir à se rendre ailleurs. Pour ça, ils devront repousser plusieurs dizaines de morts, et, si Sara a raison, il faudra les frapper à la tête pour s'assurer qu'ils ne se relèvent pas pour les poursuivre, ce qui demande de la précision.

Victor peut s'armer sans problème : il détient illégalement, dans sa penderie, une carabine Smith & Wesson calibre .12, avec six boîtes de vingt-cinq cartouches, de quoi se sauver, ou donner la chance aux autres de fuir pendant qu'il tire. L'arme est un héritage de son grand-père, qui l'avait lui-même obtenue de son père. Le grand-père, avec qui il allait chasser dans le bout de Saint-Édouard, dans son enfance, l'avait cachée et s'était acheté des munitions avant la loi sur le registre des armes à feu, puis l'avait léguée en douce à Victor la dernière fois qu'ils s'étaient vus. Comme si le vieux avait senti que son heure était venue et qu'il devait distribuer certains objets avant de partir.

Victor sait tirer : il rate rarement son coup sur cible fixe, et met dans le mille une fois sur deux quand la cible bouge. Mais dans les deux cas, il doit avoir le temps d'épauler correctement et de viser. En pleine course pour sa survie, sans compter qu'il faut recharger l'arme, jamais il ne pourra courir et tirer toutes les fois avec précision. À moins de se sacrifier. De demeurer fixe pendant que les autres se fraient un chemin à travers la foule de macchabées.

Il fait rapidement un inventaire des objets qui pourraient servir d'arme de frappe à ses camarades : les couteaux de la cuisine sont trop petits ; il possède bien un bâton de baseball, mais il est fêlé et ne tient que par charité chrétienne ; ils n'ont ni hache, ni masse. Un petit marteau, dans son coffre à outils, mais il risque de n'être guère efficace. Il reste les poêlons...

À moins que, dans l'appartement de Raoul... Les épées de cérémonie, accrochées au mur du salon ! Victor se glisse dans le trou de l'armoire et décroche une des lames.

Elles ne sont pas affûtées, mais pourront quand même servir d'armes contondantes. Il les prend toutes les deux et retourne dans son appartement.

« J'ai un plan. »

Il leur tend les épées pendant que Sara et Lucien le regardent, ahuris. Il se dirige ensuite vers sa chambre, d'où il revient avec la carabine.

Lucien n'en revient pas.

« Eh, merde ! T'avais ça icitte pis j'le savais même pas !

— C't'un héritage.

— C'est quoi ton plan ? »

Les coups des morts deviennent de plus en plus insistants. Les portes tremblent sous leurs assauts.

« Ch'sais où on peut trouver une radio amateur. À l'école, on a ça. »

L'école. Huit cents mètres à parcourir parmi les morts.

Le chambranle émet un craquement sinistre.

« Faut se décider. On fonce ou pas ?

— On fonce. »

Un problème demeure : comment sortir de l'appartement et se frayer un chemin parmi les macchabées ? Lorsque les premiers morts seront franchis, le trajet devrait être plus simple : les trépassés semblent regroupés autour de leur bloc-appartement, comme si Raoul les attirait, laissant un espace dégagé dans la rue. À croire que les maisons autour sont vides, ou que les résidents se sont terrés dans leurs demeures dans un silence total.

Sara lui touche le bras.

« Par où sortir ? Sont drette dins deux portes, pis le balcon, ça nous amène direct dans le tas. »

C'est Lulu qui répond :

« J'ai une idée : la fenêtre d'la salle de bain. Y doivent pas attendre là, devant un mur de briques. »

Il se lève et va vérifier. La voie est libre : ils ne sont que cinq à errer dans l'allée.

Victor a bien réfléchi. C'est lui qui court le plus vite et il sait tirer. Il leur fera gagner du temps. Il annonce qu'il restera en arrière pour leur permettre de prendre de l'avance, et qu'il les rattrapera ensuite.

Lucien désapprouve en hochant la tête.

« Tu peux pas faire ça, man. J'partirai pas sans toi.

— Lulu, réfléchis, crisse ! J'peux en éliminer un paquet par la fenêtre de ma chambre, pour dégager la voie. Après ça, j'saute par la fenêtre de la salle de bain pis j'vous rattrape.»

Sara non plus n'est pas d'accord.

«C'trop risqué, Victor. Y vont être attirés par le bruit, tu pourras jamais passer. J'ai une meilleure idée : y vous reste-tu du rhum ?

— Une bouteille presque pleine.

— Pis vous avez pas d'autre boisson ?

— Icitte non, mais Raoul en a. Pour ?

— Du scotch tape ? Du vieux tissu ?»

Ils acquiescent.

Sara les regarde avec une lueur perverse dans le regard.

«Vous avez déjà fait ça des cocktails Molotov ?»

INTERMÈDE 4

DANS SON BUREAU, le premier ministre du Canada tapote les accoudoirs de sa chaise, dans l'attente de cette communication qu'il redoute tant avec son homologue des États-Unis. Il sera débarrassé du cow-boy dans moins d'un an, mais en attendant, le Texan ne le laissera probablement pas s'expliquer. Il lui reprochera de gérer la crise avec faiblesse, d'une main molle. Il lui ordonnera d'envoyer l'armée nettoyer les rues, et de tirer sur tout ce qui bouge.

Moins de huit heures depuis qu'il a été réveillé. Huit heures, c'est si peu!

Le Texan lui donnera l'exemple du village de Moustique, en Louisiane, qui a été rasé en 2002 après la découverte d'un cas de Marbourg [1]. À ce moment,

---

1. La fièvre hémorragique virale de Marbourg est le premier filovirus découvert et présente une certaine parenté avec le virus Ebola, bien qu'étant moins virulent et moins mortel.

l'explication officielle avait été qu'une organisation terroriste s'était établie à Moustique et qu'elle n'avait pu contrôler les matériaux avec lesquels elle fabriquait des bombes. L'instabilité avait provoqué une première déflagration, qui avait mené à l'explosion des réserves de nitroglycérine, de dynamite et de potasse, rasant complètement le village de quatre mille âmes.

Mais les autres chefs d'État savaient. Quatre mille personnes avaient été sacrifiées pour s'assurer que le virus ne se propagerait pas. Très peu en comparaison de la population de Trois-Rivières. Le Protocole Reston exige que la situation soit contrôlée par le pays touché et, si ce pays s'avère incapable de circonvenir l'épidémie, les voisins peuvent, sans crainte de représailles, s'occuper de la situation.

Comme le premier ministre redoute la rencontre téléphonique, il prépare ses arguments. Ça avait été long, oui, mais les communications à Trois-Rivières avaient été coupées : les ondes radio et télé étaient brouillées, les relais cellulaires fermés, les lignes de téléphone et d'Internet mises hors service. On s'était occupé des gens de la télé qui n'avaient pas compris les avertissements. Aucune information ne pourrait filtrer en dehors de la zone sinistrée. Le reste du monde saurait seulement que la ville avait été isolée en raison d'un risque de propagation de maladie. Les survivants, peu nombreux, si on se fiait aux premières observations, seraient amenés en quarantaine dans une des immenses bases souterraines du Grand Nord aménagées en secret, celle de Baffin-Centre ou d'Ellesmere-Ouest, le temps qu'on effectue des tests... Mais surtout, le temps de leur inoculer assez d'Anilium-8 pour effacer tout souvenir de ce qu'ils auraient vu.

L'Anilium-0 avait été conçu par l'armée américaine pour traiter les vétérans du Viêtnam qui éprouvaient des symptômes posttraumatiques. Malheureusement pour eux, l'Anilium-0 provoquait des hallucinations visuelles et auditives graves, accompagnées de périodes de dépression sérieuse, ce qui amenait les militaires soignés à se suicider. Les différentes mixtures d'Anilium avaient été développées suite à des tests, dont les résultats dérivés constituaient l'essentiel de la recherche sur la maladie d'Alzheimer, jusqu'à la version d'Anilium-8, utilisée récemment sur les blessés de guerre en Irak et en Afghanistan, tant américains que canadiens, avec des résultats plus que probants.

Tout de même... des morts qui marchent ! Le PM pourrait questionner son homologue sur cette situation : après tout, l'armée américaine avait développé une autre substance, Powerex, qui permettait aux soldats très gravement blessés de continuer à combattre en raccommodant sommairement les tissus endommagés jusqu'à ce qu'ils se déchirent dans une effusion de sang. Les militaires pouvaient alors donner l'impression d'un groupe de morts en chasse. Des essais avaient été effectués au Panama et au Congo, sur des gens sains ou malades, mais il n'avait jamais été question d'un test au Canada. Pourtant, l'épidémie trifluvienne ressemblait étrangement à ce genre d'expérience.

La sonnerie du téléphone sort le premier ministre de ses pensées. C'est le temps de négocier.

CHAPITRE 5

Lucien et Victor se regardent et un sourire s'affiche lentement sur leurs visages.

« Non, jamais », répondent-ils en cœur.

Alors Sara leur explique le principe, très simple : des bouteilles de verre, du liquide inflammable, un peu de savon à vaisselle pour ralentir la combustion, favoriser l'augmentation de la chaleur et faire coller le mélange aux vêtements et à la peau ; des chiffons imbibés enfoncés dans les bouteilles, et du ruban gommé pour bien sceller le tout. On allume le linge, on lance avec force, le verre éclate et la mixture se répand, suivie par le feu.

« Avec ça, on peut tous se pousser en même temps. »

Victor se dirige vers l'appartement de Raoul et en ramène trois bouteilles de vodka et deux de sambuca. Lucien amène celle de rhum et celle de gaz à fondue, qu'ils vont ajouter dans les bouteilles d'alcool. Comme ça, tout flambera.

Dix minutes plus tard, ils sont fin prêts : six cocktails, des allumettes, un briquet et un sac à dos contenant les munitions et le fusil. Ils passeront les épées à la ceinture une fois à terre. Victor enlève la fenêtre de la salle de bain et aide Sara à descendre le long du mur. Elle a enfilé une vieille paire d'espadrilles de Lucien et Vic espère que ses pieds tiendront le coup jusqu'à l'école. Victor et Lucien lui descendent délicatement les bouteilles, puis le sac à dos et les épées.

Victor surveille les morts qui commencent à se déplacer vers eux.

Le bruit aux portes de l'appartement s'intensifie, comme si les morts, à l'extérieur, menés par Raoul, *sentaient* leurs proies leur échapper.

Lucien grimpe sur le rebord de la fenêtre ; au même moment, un cadavre ambulant accélère et s'approche dangereusement de Sara.

Victor entrevoit, dans sa chambre, la photo de Violette, toute souriante. Violette, qu'il ne reverra probablement jamais.

Un immense craquement lui arrive du salon. Un râle de victoire s'échappe de dizaines de gorges déchirées. Ils sont dans l'appartement ! Victor se tourne vers la fenêtre.

« Vite, Lulu ! »

Lucien se laisse tomber et s'érafle le menton sur la brique. Il lâche un petit cri de douleur, puis touche le sol et s'étale de tout son long.

Le macchabée le plus proche se dirige vers lui. Les autres accélèrent le pas pour le rattraper.

Victor ferme la porte de la salle de bain et la verrouille, puis grimpe à son tour sur le rebord.

Lucien est aux prises avec un mort penché sur lui, attiré par l'odeur du sang sur son menton. Il le maintient éloigné avec ses mains tandis que Sara tient les autres en respect avec une épée.

« Go, Vic ! » ordonne-t-il.

Victor saute et atterrit sur ses pieds. Il se lance sur le mort qui tente de dévorer Lucien et le pousse sur le côté. Le macchabée lâche prise et tombe au sol.

Lorsqu'il lève la tête, ses yeux rouges fixent Victor avec haine. Comme un fauve, excité par sa proie à portée de griffe, il se relève en vitesse et s'élance vers Victor.

« Sara ! »

Elle lui lance une épée qu'il attrape. Il pivote, et, de toutes ses forces, envoie l'arme vers la tête du mort. La lame atteint sa tempe et le trépassé s'effondre en tournoyant.

Derrière lui, Victor entend des bruits de lutte. Sara frappe un mort d'un coup d'épée, puis se retourne et envoie son poing dans le ventre d'un autre. Lucien s'est relevé et tend le sac à dos à Victor, qui l'enfile. La voie est libre. Ils ramassent les cocktails et sont prêts à partir.

Ils sortent du stationnement et se retrouvent face à une armée de morts qui erre dans la rue. Les plus proches tournent la tête et les regardent, avant de s'avancer vers le trio.

« C'est l'heure du barbecue », dit Sara, en allumant un premier cocktail, qu'elle lance vers les morts.

La bouteille de vodka éclate et une dizaine de morts s'enflamment.

Victor remarque que ceux qui se trouvent autour des torches humaines les regardent, fascinés par les flammes.

Les hommes de Néandertal ont dû se sentir comme ça devant leurs premiers feux, se dit-il. Les macchabées en flammes se butent à d'autres cadavres qui les observent, pétrifiés, et rapidement, Sara, Lucien et Victor peuvent s'aventurer dans l'espace dégagé par ceux qui s'effondrent et brûlent sans crier, comme s'ils ne ressentaient aucune douleur.

Ils progressent bien. Deux fois, ils stoppent et lancent une nouvelle mixture inflammable Le même phénomène se produit : les morts s'arrêtent et regardent leurs congénères se consumer, leurs yeux vides fixant les flammes, leurs corps se balançant d'avant en arrière, dans un silence à donner la chair de poule.

Ils n'ont pas à se servir des épées, les morts restent éloignés d'eux. Ils semblent faibles, comme s'ils n'avaient pas d'énergie. Comme s'il leur manquait du sang, comme Raoul avant qu'il ne boive celui du chat.

Ils arrivent au bout de la rue. Plus que 400 mètres avant d'arriver à l'école : ils sont à mi-chemin.

Victor tourne à droite...

Un mur. Ils doivent être des centaines, collés les uns sur les autres, comme dans un *rave* de macchabées. Un *rave* sans musique.

INTERMÈDE 5

LE SOLEIL EST HAUT dans le ciel bleu de Vallée-Rouge. Ici et là, des tas de neige attendent de fondre. À 150 km au nord de Trois-Rivières, la neige disparait un peu moins vite : les températures sont toujours quelques degrés plus basses que près du fleuve.

Dans son salon, Marion se ronge les ongles, inquiète. Depuis que TVA a montré les images de Trois-Rivières isolée, avec les barrages policiers sur la 55, la 40 et sur la rive-sud du pont, elle n'a pas décollé de la télévision et du téléphone. Elle appelle son fils sans arrêt, tant sur son cellulaire que chez lui. Dans les deux cas, on lui annonce que la ligne est en dérangement. Marion angoisse. Elle voudrait savoir ce qui se passe à Trois-Rivières, mais surtout pourquoi les postes de télé ne parlent plus de l'incident. Tout ce qui est annoncé c'est que Trois-Rivières doit être isolée du reste de la province pour des raisons sanitaires. Cependant, aucune image ne parvient de la ville. Sur le Web, aucune information ne filtre, aucune photo, aucune vidéo. Marion a essayé de communiquer avec Victor par MSN, sur mIRC, même sur Facebook, mais il n'est pas branché.

Désespérée, elle a envoyé son mari Jean-Guy sur la route, vers Trois-Rivières. Il connaît des chemins détournés qui le mèneront peut-être dans la ville. Elle n'a pas trop d'espoir, mais ne s'empêche pas de souhaiter qu'il réussisse à entrer dans la ville et à en extraire Victor.

Une amie l'a appelée, plus tôt, pour lui dire qu'à Vallée-Rouge, les spéculations vont bon train sur la nature de ce qui frappe la capitale de la Mauricie. Certains avancent l'hypothèse d'une contamination biologique naturelle, d'autres d'une attaque terroriste, d'un virus apporté par un immigrant, d'un incident à la centrale nucléaire. À la télé, plus tôt, le chef de l'Opposition à Québec s'est élevé contre le mur de silence qui entoure l'affaire. Il a demandé au gouvernement de dévoiler son programme, de dire la vérité au sujet de l'incident de Trois-Rivières, d'expliquer pourquoi la ville est en quarantaine.

Quelques minutes plus tard, le ministre de la Santé et des Services sociaux s'est adressé aux médias pour annoncer que la situation était sous contrôle, que les équipes du ministère étaient sur place et que tout serait réglé dans les prochaines heures. À la question des communications déficientes avec la zone, le ministre a avoué que l'équipement utilisé par les équipes en place pouvait causer des interférences et demandait beaucoup d'électricité, provoquant donc des pannes impromptues.

Comme tout le monde, Marion trouve cette histoire louche. Mais elle ne peut rien faire d'autre qu'attendre. Et espérer.

CHAPITRE 6

« On continue tout droit : faut couper par le terrain », ordonne Victor.

Lucien et Sara s'engagent sur la pelouse lorsque les morts les remarquent. Trois des plus près avancent d'un pas vers eux tandis que d'autres regardent ce qui se passe, comme s'ils étaient reliés, ou communiquaient, à la façon des volées d'outardes ou des bancs de poissons dont les mouvements sont inexplicablement coordonnés.

Une clôture à sauter. Sara y va en premier, suivie de Lucien. Victor s'attarde, obnubilé par la marche des morts qui avancent vers eux.

« Vic, dépêche ! » ordonne Lulu.

Victor s'approche de la grille de métal et tend son sac à Lucien lorsqu'il entend une voix lointaine qui crie « Au secours ! », sur sa gauche. Il tourne la tête et voit, deux cents mètres plus loin, un petit garçon aux prises avec un mort. Le gamin est couché au sol et ses deux bras tendus tiennent le monstre en respect. Vic devine que l'enfant ne résistera pas longtemps.

Il enlève son sac, sort la carabine et une boîte de balles. Il charge l'arme et l'épaule, puis ralentit sa respiration et place la cible au centre de sa mire.

« Ils arrivent, Vic ! Laisse faire ! Tu peux rien pour lui ! »

Victor ne fait pas attention à son coloc. Sara allume un cocktail et le lance vers les morts qui s'approchent de Victor. L'explosion les arrête, mais d'autres macchabées s'avancent par les côtés.

Victor appuie son doigt sur la gâchette. Le bruit est assourdissant, mais la balle frappe le cadavre ambulant en pleine tête. Aucun sang ne gicle. Comme si le mort était vide.

« Attention ! » crie Sara.

Instinctivement, Victor se penche vers l'avant. L'épée tenue par Lucien fauche l'air et aboutit sur la tête d'un mort, qui s'effondre. Vic se relève, lance son sac de l'autre côté de la grille et d'un bond, rejoint ses camarades.

« Saute la clôture ! » crie-t-il au gamin.

L'enfant se dégage du mort à la tête éclatée effondré sur lui, se lève, saute et les rejoint.

« Merci. J'm'appelle David. »

Le jeune a l'air d'avoir douze ou treize ans. Ses cheveux bruns en bataille lui couvrent une partie du visage ; il n'a pas un poil au menton et porte de grands jeans et un coton ouaté blanc.

« Viens. L'école est pas loin. »

Devant eux, les morts se butent à la grille sans comprendre qu'ils doivent la grimper. Le terrain est dégagé, comme les autres cours qui les mèneront à l'école et qu'ils voient à travers les arbres.

Ils se remettent au pas de course et, malgré les grimaces de douleurs de Sara, sautent plusieurs grilles. Avant d'arriver face à la rue, Vic et Lucien doivent l'aider pour les dernières clôtures.

De l'autre côté de la rue, ils voient le terrain de l'école où se tiennent des dizaines de morts, dont plusieurs adolescents.

Derrière eux, Victor entend du raffut. Il se retourne brièvement : les macchabées ont fait tomber la grille. Ils marchent vers leurs proies, encore une fois.

« On est presque arrivés.

— Ta clé ouvre quelle porte ?

— N'importe quelle des grandes portes vitrées d'l'entrée des élèves. Faut juste s'rendre là.

— À travers la marée ? »

Vic acquiesce.

« Pas le choix, pis faut se grouiller.

— Attends, dit Sara. J'ai une idée. »

Devant l'école, quelques voitures sont stationnées.

« On pourrait faire exploser des chars, glisse-t-elle.

— Comment ? » demande Lucien.

Sara regarde Victor et sa carabine.

« Pourquoi ? ajoute Vic.

— Ça les ralentirait. Y sont obsédés par le feu, comme si y pouvaient pas arrêter d'regarder quand ça flambe. Faqu'on sauverait les derniers cocktails.

— Ça explosera pas, si c't'à ça que vous pensez, dit David.

— T'es certain ? Dans les films, ça marche.

— L'essence liquide saute pas. A brûle. Si tu perces la tinke, le gaz va couler, mais les chances que ça explose...

— Comment tu sais ça ?

— J'ai fait un travail en sciences. »

La rumeur enfle dans leur dos. Victor jette un coup d'œil. Raoul mène un groupe de morts vers eux.

Raoul. Pourra-t-il le tuer, s'il n'a pas le choix ? Pourra-t-il buter ce qui reste d'humanité dans son ami ?

« J'm'essaye pareil. »

Il se retourne, charge son arme, l'épaule, vise et tire. La balle percute la voiture, mais rien ne se produit, si ce n'est que des morts remarquent le groupe de survivants et avancent vers eux.

« J'l'avais dit.

— Fuck. »

Sara allume les deux dernières bombes et les envoie en direction des morts qui bloquent l'entrée de la cour d'école. Les macchabées flambent.

« Go, jusqu'aux portes », ordonne Victor.

Ils sautent tous les quatre la clôture et courent dans la rue. Comme ils pénètrent sur le terrain de l'école, Victor voit, du coin de l'œil, qu'un des morts en flammes s'approche de la voiture dans laquelle il a tiré. Il remarque aussi par terre une flaque qui ne s'y trouvait pas auparavant.

« Couchez-vous ! » s'écrie-t-il en se lançant au sol.

L'explosion derrière eux est fabuleuse : une grande gerbe de flammes monte vers le ciel, alors que la voiture est soulevée de plusieurs mètres puis retombe au même endroit.

Tous les morts se tournent vers le brasier.

« Go, go, go ! »

Les quatre comparses se relèvent et se précipitent entre les morts qui ne font pas attention à eux.

Lorsqu'ils arrivent aux portes, les morts sont encore attirés par l'immense feu de joie de la rue. Victor sort ses clés et déverrouille l'entrée.

Ils sont sains et saufs.

INTERMÈDE 6

« Amenez-moi ce crétin ! hurle le PM du Québec. À ce que je sache, il ne dirige pas encore cette province ! »

Le garde du corps parle dans le petit micro à son poignet. Le PM marche de long en large dans son bureau et s'arrête lorsque le téléphone sonne.

Il sait qui se trouve au bout du fil. Il pourrait ne pas répondre, mais il ne prendra pas cette chance. Il décroche le combiné et dit : « Je sais, je sais. Je m'en occupe. »

La voix de son interlocuteur annonce : « Tenez-le en laisse, ou nous nous en occuperons. Et vous en paierez aussi les conséquences. »

Le PM raccroche avec violence. Le petit baveux de chef de l'opposition pourrait lui coûter son poste, aujourd'hui, ou bien plus. Le cow-boy ne lésinera pas s'il croit sa sécurité nationale menacée et le PM d'une province du pays voisin n'est pas une perte très importante à ses yeux, c'est certain.

Un premier ministre ou sa famille.

On frappe à la porte. Le garde du corps ouvre et le chef de l'opposition entre, entouré de deux agents qui le tiennent par les coudes.

« Vous entendrez parler de ce comportement ! Nous sommes dans un état démocratique ici ! » s'indigne-t-il.

Le PM se retient de le gifler à toute volée.

« Écoute-moi bien, hostie de moron. Tu vas arrêter de te lancer partout devant les kodaks pis de dire n'importe quoi.

— Si vous croyez que je vais me retenir... »

Le PM n'en peut plus. Sa main part et frappe la joue du chef de l'opposition.

Le parlementaire encaisse le coup et dit : « Non, mais vous voulez vraiment que je vous poursuive ! »

D'un signe de tête, le premier ministre ordonne à son garde du corps d'entrer en action. Ce dernier, dans son costume à deux mille dollars, s'approche du chef de l'opposition et lui place une main sur l'épaule. L'opposant tente de se dégager, mais ne se défait pas de la poigne de fer du *goon* qui veut.

« Lâchez-moi ! »

La brute amène l'homme à s'asseoir sur une des chaises de cuir en face du bureau du PM.

« T'as pas l'air de comprendre. Ce qui se passe à Trois-Rivières, c'est pas de tes affaires. Arrête d'alerter la population ! Tu vas créer d'la panique, pis ça, j'en veux pas.

— Mais vous cachez la vérité ! proteste l'autre. Le garde lui pince l'épaule.

— Aïe ! s'écrie-t-il.

— Y'a ben des affaires que tu ne sais pas. »

Le PM lui glisse un dossier bleu marqué TOP SECRET dans les mains. Le sous-titre : *Protocole Reston*. Le chef de l'opposition l'ouvre et lit en diagonale ce qu'il contient avant de s'exclamer :

« Mais c'est dégueulasse ! Et vous acceptez ça !

— T'as pas l'air de comprendre qu'on a pas le choix ! Ce Protocole a été signé par tous les chefs des provinces canadiennes, par Ottawa, par les Américains et par le Mexique.

— Mais ce qu'il y a là-dedans... Éliminer toute la zone ! C'est incroyable ! Vous allez tuer toute la population de Trois-Rivières ? »

Le premier ministre regarde le chef de l'opposition en tentant de ne pas laisser transparaître son exaspération.

« Je vais gérer la crise comme c'est possible de la gérer. En attendant, arrête de te lancer sur toutes les tribunes et de raconter n'importe quoi, répète le PM.

— Si vous croyez... »

Le PM lève les yeux au ciel. Ce jeune homme est en politique depuis trop longtemps sans avoir goûté au pouvoir véritable : il ne comprend pas toutes les implications de cette situation. Il s'imagine savoir mieux que quiconque comment agir, et il va encore tenter de se gagner du capital politique grâce à une crise.

Sauf qu'il ne semble pas réaliser que cette crise est bien réelle.

« Je vais t'expliquer ce qui se passe en ce moment même à Trois-Rivières. »

Et le PM se lance dans la description de ce qui a été observé, et des combats livrés par les forces de l'ordre pour repousser les morts dans les différentes zones de la ville. Il explique au chef de l'opposition qu'il faut éviter le vent de panique et tenter de contrôler la situation.

Plus le PM parle, plus le sourire du jeune politicien s'élargit.

« Ça y est, vous devenez complètement fou ! Je savais que ce jour arriverait bientôt ! »

Il salive déjà à l'idée de tout révéler aux médias, le PM le sait, le sent. Ce petit con, élevé devant les caméras, ne peut se retenir de pavaner pour elles.

Le premier ministre fait signe à son garde du corps de relâcher leur invité, qui se lève, replace son costume, et dit : « Vous entendrez parler de cette histoire. »

Il sort de la pièce et le garde du corps referme la porte.

« Dites-moi, Grégoire, vous avez encore des connexions avec vos amis qui portent des vestes de cuir avec des jolis dessins ? J'aurais un problème à leur confier. »

Le Protocole Reston est clair : rien, ni personne, ne doit se mettre en travers de son exécution.

CHAPITRE 7

VICTOR ET LES AUTRES franchissent la deuxième rangée de portes vitrées en poussant un soupir de soulagement. Ils débouchent dans la grande salle des casiers, baignée dans un silence total. Vic n'a jamais entendu un silence lourd dans une école.

« Bon, on fait quoi ? demande David.

— La radio amateur », répond Sara.

Victor avance entre les casiers et débouche sur la place d'accueil. À gauche, la cafétéria est vide. Les immenses fenêtres montrent une allée déserte longeant l'école. À droite, les portes de l'auditorium sont fermées.

« On reste ensemble. »

Ils hochent tous la tête.

« Faut s'rendre au deuxième étage, dins classes d'ordi. Y s'en servent dans leurs projets.

— Ça va marcher, ta patente ? demande Lucien.

— Ça devrait », répond Victor.

Les quatre comparses montent l'escalier et arrivent près du local en question. Le silence frappe encore Victor de plein fouet : l'école est complètement vide. Sont-ils les seuls à avoir pensé à se réfugier dans la grande bâtisse ? Les murs de briques sont solides ; certaines classes ont des parois de béton qui pourraient contenir les morts pendant de longues heures. Cependant, Victor est bien conscient que la grande quantité de fenêtres du rez-de-chaussée fera de la majorité des locaux de véritables passoires.

Il entre dans la classe d'informatique et allume la lumière.

Sur une table, dans le fond de la pièce, trône l'objet de leurs recherches : une grosse boîte pleine de boutons, de roulettes et d'aiguilles sur des cadrans, reliée à un micro.

Victor s'assoit devant le poste de radio amateur et appuie sur un bouton. Un son désagréable de parasites sort des haut-parleurs. Victor tourne un gros bouton et le bruit s'interrompt, remplacé par le silence, et en alternance, le même son revient comme Victor continue sa ronde des différentes fréquences.

« Comment on appelle de l'aide ? »

Dans le grésillement des parasites, une voix submerge :

« ... renfort... de La Vérendrye... »

Victor joue avec la roulette pour clarifier la fréquence.

« ... renfort disponible. Quittez... »

Impossible d'attraper clairement la fréquence.

« ... zone trop chaude. »

Victor appuie sur le bouton du micro et énonce :
« Nous sommes des civils survivants. »

Il ne se passe rien. Une nouvelle voix intervient :

« ... repousser un assaut sur Gervais... barrage
maintenu... »

Un silence, puis :

« ... accueillir... de la compagnie. »

« Wô... des unités, comme dans l'armée. C'est
malade », murmure David.

Sara hoche la tête.

« Pis y ont l'air débordés. C't'un vrai miracle
qu'on aille réussi à s'rendre icitte. »

Lucien intervient :

« Sont p't'être plus agressifs proche du fleuve. »

Victor appuie de nouveau sur le bouton du
micro, mais il ne se passe rien.

« Peut-être qu'on ne peut pas émettre sur cette
fréquence, suppose Vic.

— Hostie, tourne le bouton, ça va finir par
marcher ! »

Lucien passe de la parole à l'acte. Soudain, une
voix très nette éclate dans les haut-parleurs : « ... DE
VOUS RÉCUPÉRER. TOUS LES CITOYENS SONT
PRIÉS DE SE BARRICADER CHEZ EUX. DÈS QUE
LA ZONE SERA SÉCURISÉE, DES ÉQUIPES DE
SAUVETAGE S'OCCUPERONT DE VOUS
RÉCUPÉRER. TOUS LES... »

Il baisse le son et le message se répète en boucle.

« C't'assez clair : faut trouver une bonne ca-
chette », dit Victor.

Il remarque que David s'est éloigné d'eux pour s'approcher de la porte et qu'il tend l'oreille.

Il éteint la lumière, ferme la porte en murmurant : « Quelqu'un approche. »

Ils se tapissent dans un coin de façon à voir quand même dans le couloir par la petite fenêtre de la porte. Le rectangle de lumière ne laisse entrevoir qu'un minime bout du corridor, et, pendant les premiers instants, ils n'entendent pas le claquement des pas sur le carrelage : le son est étouffé par la porte, et par les battements effrénés de leur cœur sur leurs tempes.

Lorsque le bruit de pas devient audible, Victor s'avance et observe à l'extérieur d'un œil inquisiteur. Il tourne la tête de droite à gauche, mais ne distingue aucune silhouette, ni aucune ombre.

Le bruit de pas enfle, se fait de plus en plus présent.

Soudain, Victor aperçoit, dans l'angle du couloir, une silhouette sombre qui avance vers eux.

Victor ouvre la porte et sort dans le corridor. Lucien murmure « Qu'est-ce que tu fous ? » d'un ton intempestif, mais Victor ne prend pas la peine de dégainer son épée.

Alarmé, Lucien se lève et sort la sienne. Il s'avance vers son ami, qu'il ne laissera pas seul affronter ce qui s'en vient.

« Non, c'est pas vrai… », dit une voix féminine avant d'éclater en sanglots.

Lucien s'avance lui aussi dans la lumière et comprend ce que Victor avait déduit : le bruit de pas régulier n'était pas celui d'un mort, car eux mar-

chent d'un pas traînant, clopin-clopant, irrégulier...
et ils sont presque tous pieds nus, ce qui ne produit
pas le même son sur le plancher qu'un soulier.

« Érika ! Comme je suis content de te voir ! dit
Victor.

— Victor... » murmure-t-elle entre deux renifle-
ments.

Ils se précipitent l'un sur l'autre et se serrent dans
leurs bras, eux qui pourtant, en temps normal ne se
parlent qu'en se croisant. Victor la berce en lui
murmurant à l'oreille : « C'est fini, t'es pus tu'seule. »

Lucien la regarde. Elle a des cheveux bruns atta-
chés en queue de cheval, porte une paire de jeans, un
ample chandail de laine et tient dans sa main un
bâton de base-ball en aluminium.

Victor parle le premier.

« Qu'est-ce que tu fais ici ?

— Chuis rev'nue du voyage à New York avec les
élèves cette nuit. Le dernier parent est arrivé super
tard. »

Elle renifle un bon coup. Sara lui tend un mou-
choir et Érika s'essuie les yeux. Elle raconte son
histoire en jetant de furtifs regards à gauche et à
droite, nerveuse.

« Quand j'ai voulu partir, y'avait du monde qui
flânait dans cour. J'comprenais pas trop c'qu'y
faisaient là à quatre heures du matin, mais j'me su
rendue à mon char pareil, pis c'est là qu'y m'ont
attaquée. J'ai couru jusqu'en dedans, pis j'me su
embarrée. J'avais entendu à radio qu'y fallait éviter
de sortir, fac j'ai pas pris d'chance. Pis la foule a pas

arrêté de grossir. J'm'étais enfermée dans bibliothèque, pis quand j'ai entendu les explosions, chu
allé voir au bout du couloir, pis me v'là. »

Victor lui serre l'avant-bras en signe de compas-
sion et lui présente ses compagnons d'infortune.

« Vous avez une idée de c'qui s'passe ?

— Les morts se relèvent, pis y mordent. Internet
pis le téléphone marchent pu, pis le gars de TVA a dit
que la ville était isolée. »

Érika ne répond qu'après un long moment de
réflexion.

« On va faire quoi ?

— La police dit de se cacher. Fac on va attendre
les... »

Érika crie : « Attention ! »

Lucien se retourne et rattrape Sara alors qu'elle
s'effondre vers le sol, les yeux révulsés, l'écume à la
bouche.

« A bouille. Faudrait la coucher.

— On va aller dans salle des profs. »

Victor prend Sara sur son épaule (constatant que
son entraînement des deux dernières années rend
cette manœuvre facile) et ils se rendent tous les cinq
vers la salle des enseignants, au rez-de-chaussée, au
milieu d'un couloir. Au bout, à travers les portes
vitrées, des dizaines de macchabées tentent de se
frayer un passage vers la chair fraîche.

La fenêtre va finir par céder sous la pression, se dit
Victor en entrant dans la salle de repos.

Il traverse la salle à manger et dépose son fardeau
sur un divan, Érika l'aidant à soutenir la tête de Sara.

Pendant que Victor s'étire (descendre les marches avec une masse supplémentaire se révèle difficile, finalement !), sa collègue décroche du mur de la cuisine la trousse de premiers soins.

Victor se penche vers Sara et lui ouvre les paupières. Elles sont dilatées, et le blanc de ses yeux est légèrement rosé.

« Fa'udrait qu'tu y lèves la tête », dit Érika.

David se saisit d'un coussin et le glisse sous la nuque de Sara pendant que Lucien commente : « A doit avoir mal aux pieds en crisse. Est p't'être dans le coma à cause d'la douleur. »

David s'assoit dans un fauteuil pas loin de là et ferme les yeux, se demandant comment ils vont s'en sortir. Il entend la rumeur, provenant de l'extérieur. Les morts contournent l'école, lentement. Ils doivent se trouver derrière le mur qui les sépare de leurs proies. David se tourne, mais les fenêtres trop hautes lui cachent la quantité de macchabées.

Lucien porte le regard sur les pieds de Sara et remarque qu'en effet, les souliers qu'elle a empruntés à l'appartement sont imbibés de sang. Il les détache et les enlève. Les chaussettes de Sara sont aussi totalement rouges.

Érika s'avance.

« Fuck. Ses pieds sont donc ben maganés !

— A l'a couru pas de souliers, répond Lucien en avançant sa main lentement pour toucher le pied de Sara, qui est bouillant. On aurait besoin d'un médicament qui f'rait baisser 'a fièvre, dit Lucien.

— Pis sa blessure su'l ventre, quèk'un à r'gardé si c'était correct ? »

La tache sur la camisole a recommencé à s'agrandir : la blessure s'est rouverte pendant la fuite. Érika dépose la trousse sur une table et l'ouvre. Pendant qu'elle farfouille à l'intérieur, Lucien approche sa main de la camisole, pour la soulever et vérifier le pansement quand Sara est saisie d'un spasme, et pousse un long râle.

« Est morte ? » demande Érika.

Victor s'approche et pose une main devant la bouche de Sara. Aucun souffle.

« A respire pu.

— On meurt pas de c'qu'à l'a, proteste David.

— Mais a perdu beaucoup de sang, répond Lucien.

— Pis a va s'relever pis nous attaquer ? »

Victor ne répond pas, mais recule de quelques pas, imité par les autres. Avec tout ce qui se passe depuis ce matin, ce n'est pas bon signe. Il a peur. Mais Sara n'a pas été mordue, non ? C'est la morsure qui devrait la transformer. Si elle est juste morte au bout de son sang, il n'y a pas de danger.

À moins que... Pris d'un terrible pressentiment, Vic s'approche et soulève délicatement la camisole de Sara, prenant bien soin de ne pas toucher le sang qui macule le tissu et qui imbibe le pansement. Il soulève le coin du pansement et recule en vitesse, horrifié.

« Fuck ! A l'a été... »

Sara se redresse d'un seul coup, les yeux grands ouverts. David se lève et recule d'un pas, mais la morte, le regard halluciné, lui saute à la gorge et, d'un bond périlleux, l'empoigne par les épaules. Érika lui lance la trousse de premiers soins, mais Sara lève une main et la fait dévier. David gigote mais la poigne de Sara est trop forte : elle plonge la tête vers la gorge de l'adolescent et referme sa mâchoire de chaque côté de sa trachée.

Victor et Lucien ont été surpris de la vitesse et de la vigueur de l'attaque. Le temps de sortir leur épée pour frapper Sara, elle serre les dents, perçant la chair de la gorge. Un long jet de sang s'échappe de la carotide. D'un mouvement sec de la tête, elle arrache une partie de la gorge de David, dont les yeux se révulsent. Il devient tout mou, mais elle le retient et s'abreuve de son sang.

Victor a dégagé son épée. Il lui fait décrire un long arc de cercle en hurlant sa colère et elle percute Sara à la tête. Elle s'effondre, et David aussi. Le sang se répand très rapidement sur le plancher, les baignant tous les deux devant les regards abasourdis d'Érika et de Lucien.

Victor s'avance vers les deux corps.

« Qu'est-ce que tu fous ? demande Lucien.

— Faut les achever.

— Merde, man, on s'rait pas mieux de s'sauver ?

— Pour aller où, bordel ? Faut qu'on consolide nos positions que'que part en attendant l'armée ou la police. Qu'qu'un va ben finir par nettoyer c'te maudite ville. On est dans une école : on a d'la bouffe pis des murs en béton. Faut juste empêcher les morts d'entrer.

— Sauf que là, les gars, on est pogné avec deux cadavres qui vont p't'être se r'lever. Faudrait agir », dit Érika.

Au sol, Sara commence à remuer en poussant des petits cris.

Victor regarde son épée et avance d'un pas vers Sara. Ce n'est pas comme avec Raoul. Lui, c'était son ami. Sara... il vient juste de la rencontrer. Pourtant, elle lui a sauvé la vie ce matin. Ils ne sont pas totalement des inconnus.

Il se secoue. Soit elle meurt, soit ils risquent d'y passer. Un choix simple, en vérité. Pourtant... Il hésite : elle est trop humaine, trop *vivante*.

Sara commence à se relever. Son regard est totalement fou, sans aucune étincelle d'humanité : ils ne sont plus de la même race, elle et lui. Elle est prédatrice, il est proie. C'est une question de vie ou de mort.

Elle commence à se relever. Victor sait que son hésitation peut être fatale. Il lève l'épée au-dessus de sa tête et l'abat vers la nuque de Sara.

Il frappe le plancher.

Sara a roulé sur elle-même. Victor comprend qu'elle s'est gavée de sang et, comme Raoul, elle a gagné des forces. Vic recule tandis que Sara se relève.

Lucien se place devant Érika et tend son épée entre lui et Sara. La morte fonce sur Victor qui recule vers la porte qui mène aux bureaux des enseignants de secondaire quatre et cinq. Il franchit le seuil en effectuant des moulinets avec son épée, mais comme le tranchant n'est pas aiguisé, il ne fait que heurter les avants-bras de Sara sans lui causer de dommage. Elle avance toujours vers lui et il se retrouve bientôt le derrière appuyé contre un bureau.

Il est pris et ne peut plus reculer. Soudain, Sara attrape l'épée et la lui arrache des mains. Elle la lance avec force vers une fenêtre, qui craque sous l'impact. Victor fouille désespérément derrière lui d'une seule main, tandis que Sara avance, le regard fou. Victor reconnaît l'objet derrière lui : un massicot, une tranche.

Sara fait un petit bond vers Victor. Il esquive d'un pas de côté et la frappe à la tête. Elle trébuche et s'étend sur le bureau. Vif comme une lionne sur sa proie, Victor se retourne et abat la lame tranchante du massicot vers la main de Sara, qui se trouve dans la trajectoire du couteau affûté. La lame s'enfonce dans le poignet et sectionne peau, ligaments et os avec facilité.

Victor pousse Sara qui s'effondre au sol. Puis il pose un pied sur la planche du massicot, relève la poignée, la prend à deux mains et tire de toutes ses forces. La vis qui tenait la lame se brise et Victor lève le couteau.

Sara, remise du choc de la perte de sa main (la plaie ne saigne pas, comme si Sara était vide de toute substance de vie), totalement inconsciente, dans son esprit de morte, qu'elle court à sa perte, se lance vers Victor, malgré sa main en moins.

La lame tranche l'air et rencontre un cou, qu'elle fauche dans un craquement sinistre. La tête de Sara se détache de son corps et roule plus loin tandis que le reste du corps s'effondre sur place.

Victor tremble encore sous l'assaut de l'adrénaline. Son cœur bat à se rompre jusque dans ses tempes et ses yeux, troublant sa vision, et ses jambes chancelantes menacent de ne pas le soutenir longtemps.

Il entend alors Érika qui hurle : « Attention, Lucien ! »

INTERMÈDE 7

Le PM du Québec se prépare à aller parler devant les micros.

La nouvelle est tombée : le chef de l'opposition est disparu. Il aurait été enlevé, si on en juge par l'état de son bureau. Le PM doit émettre une déclaration officielle.

Il a déjà avisé son homologue fédéral de la situation, et le PM d'Ottawa a approuvé la décision, mais espère qu'elle n'aura pas de conséquences fâcheuses, tout en soulignant qu'ainsi, le Protocole sera respecté, et que c'est, en bout de ligne, la seule chose qui importe.

La porte du bureau s'ouvre. Le ministre de la Santé et des Services sociaux entre sans attendre qu'on l'invite. Il annonce, tout de go : « La source de l'infection aurait été trouvée. »

Il dépose un ordinateur portable sur le bureau et appuie sur une touche.

« Cette vidéo a été tournée il y a vingt minutes, par une des caméras installées aux barricades à la bordure nord de Trois-Rivières. »

Le film montre une grande bête courant sur deux pattes en prenant appui sur celles de devant, un peu à la manière d'un gorille, et qui, en arrivant à la barricade d'une dizaine de pieds de haut, saute, d'un bond fabuleux, pour atterrir de l'autre côté.

« C'est quoi ce monstre-là ? s'exclame le PM.

— Cette bête aurait été capturée en Corée, selon l'analyste qui a recueilli les images. Il a trouvé une autre vidéo qui se réfère à l'animal. »

Le film tiré de YouTube défile à l'écran. Le ministre de la Santé et des Services sociaux explique alors les diverses théories entourant la bête.

« Comment a-t-elle pu aboutir ici ?

— L'hypothèse est qu'elle provient du bateau coincé sur le fleuve. Et une autre vidéo a été tournée, à une station de surveillance. »

Le film montre quelques militaires embusqués dans les bois, en prévision d'une fuite de la zone de quarantaine. Le monstre s'approche et les hommes le canardent, mais il ne s'arrête pas. Il bifurque vers un premier soldat, qu'il décapite d'un coup de patte, puis, en quelques instants, avec une vitesse qui la rend floue sur l'image, la bête s'occupe des autres militaires. Lorsqu'elle quitte le poste, elle laisse un véritable charnier jonché de corps.

« Est-ce qu'ils....

— Non. Les images ne les montrent pas qui se relèvent. Mais la zone de quarantaine a été percée.

— Il faut attraper cette bête.

— Elle a été taguée. Elle se dirige toujours vers le nord. »

Le PM devient songeur.

« Elle semble difficile à abattre.

— Elle semble effectivement résistante aux blessures.

— Je dois aller parler aux médias. Vous avez communiqué ces infos à Ottawa ?

— Ils doivent regarder les vidéos en ce moment même.

— Je les appellerai après la conférence de presse. »

CHAPITRE 8

LE CRI GALVANISE VICTOR, qui se précipite, massicot à la main, dans l'autre pièce, à temps pour voir Lucien aux prises avec David. Lulu tient l'adolescent à bout de bras tandis qu'Érika, derrière l'ado, le frappe à la tête avec la trousse de premiers soins qu'elle a ramassée.

Victor accourt pour aider son ami. Il voit, comme au ralenti, David qui frappe Érika d'un coup de pied. L'enseignante titube et David concentre sa force sur son affrontement avec Lulu : le coude de Lucien cède sous la pression exercée et la bouche de David se lance à l'assaut de son avant-bras.

Les dents se referment sur le chandail de Lucien, qui lève l'autre poing et l'abat sur la nuque du mort, qui ne lâche pas prise. La manche commence à s'imbiber de sang et Lucien se débat de plus en plus.

Vic arrive derrière David, lève la lame et l'abat dans son dos. Le tranchant coupe le ouaté du jeune et pénètre facilement la peau. Aucun sang ne s'écoule de la blessure, tandis que David lâche prise et chute vers l'avant, pendant que Lucien recule en se tenant l'avant-bras, le visage affichant un air terrifié. Victor regarde David qui tente de se relever péniblement, et il abaisse une nouvelle fois son massicot et tranche la nuque. L'ado s'effondre.

« Câlisse, m'a dev'nir un monstre ! » braille Lucien en reculant pour s'appuyer sur un mur.

Érika, secouée par sa chute, se relève et regarde Victor, l'air grave. Vic répond :

« T'en fais pas, ton chandail t'a sûrement protégé.

— Et le sang ? Il m'a vraiment mordu le tabarnak.

— Laisse-moi r'garder. »

Victor s'avance. Lucien recule.

« Approche pas, man. J'ai pas envie de d'venir comme eux pis d'te sauter d'sus.

— Déconne pas, Lulu. Faut agir vite. Faut cautériser la plaie tout de suite…

— Qu'esse-tu veux dire ?

— Si on brûle les tissus, on pourrait enrayer la… transformation. Tu as vu le temps que ça a pris avant que Sara…

— Comment tu veux faire ça ? »

Victor se déplace vers son sac, l'ouvre et en sort une cartouche de .12. Il décapsule le projectile de façon à pouvoir en extraire la poudre.

« Lève ta manche pis serre les dents. »

Lucien obéit, et Vic verse la poudre sur la plaie. Lulu grimace, puis Victor craque une allumette.

« Ça va faire mal... »

Il allume la poudre, qui flambe très rapidement, brûlant avec elle la peau et même le derme. Lucien hurle sa douleur et Érika lui enchâsse le bras dans une serviette humide, pour éteindre le feu.

Lorsqu'elle enlève le linge, la peau de Lucien est noircie et ressemble à une bouillie.

« J'espère qu'on a pas fait ça pour rien. »

Lucien hoche la tête.

« Jure-moi, Victor, que si j'deviens comme eux, tu vas finir ça vite. »

Victor sent les larmes lui monter aux yeux. D'abord Raoul, puis Lucien. Qu'est-ce qui se passe à Trois-Rivières ? Ses amis sont-ils tous condamnés ? Et sa famille, à Vallée-Rouge ? Vont-ils y passer aussi ?

Et lui ? Qui le mordra, ou le tuera ? Raoul ? Lucien ? Érika ?

Il est tiré de ses pensées par un bruit assourdissant de verre cassé.

Les morts sont entrés dans l'école.

« Je te jure, man, que je te laisserai pas d'venir comme eux. »

Les bruits envahissent le couloir, les morts envahissent l'école.

« Faut sortir d'icitte avant d'être coincés. »

Victor change de pièce, avise les trois autres massicots. En vitesse, il arrache les manches des tranches pendant qu'Érika bande sommairement l'avant-bras de Lucien en étouffant le moins possible la plaie ouverte.

Vic tend une arme à Lucien, une à Érika et en garde deux pour lui. Il enfile son sac à dos, passe sa carabine entre son sac et son chandail, et regarde les deux autres dans les yeux.

« On sort, on fonce vers le secrétariat. Là, y'a une grille. On devrait pouvoir les r'tenir un boutte. »

Lucien hoche la tête. Érika aussi.

« On arrête pas. On court, on fonce », dit Victor.

Il ouvre la porte.

Les morts sont à cinq ou six mètres. Ils accélèrent dès que la porte s'ouvre. Ils ont senti le sang de David qui souille les pieds des trois comparses.

Lucien ne se tourne même pas vers eux. Il court, suivi d'Érika. Victor jette un œil, aperçoit Raoul qui avance en tête, puis emboîte le pas à ses amis.

Cent mètres pour se rendre à la grille du secrétariat. Cent mètres à découvert : 20 dans le couloir, 80 dans la grande salle où se trouve l'escalier qu'ils ont emprunté plus tôt. En entrant dans la grande salle, Victor aperçoit un autre groupe de morts qui débouche d'un corridor parallèle. Ils sont entrés par plus d'une porte !

Victor modifie sa course pour aller vers eux et les empêcher d'atteindre Lucien et Érika. Il lève une lame et l'abat sur le premier poursuivant, dont il tranche une partie de l'épaule, puis, tout en continuant à courir, il en frappe d'autres, décimant, des deux mains, les macchabées qui s'effondrent avec un bruit mat.

Lucien et Érika ont atteint la grille et commencent à la refermer. Victor est pris dans le flot des morts. Une main lui agrippe l'épaule. Il se dégage d'un mouvement brusque et décide de remonter au deuxième étage. Il s'élance vers l'escalier, frappant à l'aveuglette. En arrivant à la première marche, il l'enjambe et se retrouve sur la seconde au moment où des mains se referment sur ses vêtements. Il se tortille pour leur échapper, se retourne et frappe les premiers trépassés, mais la marée de cadavres s'étend sur toute la place d'accueil, ils doivent être des dizaines, presque une centaine, et d'autres encore arrivent et s'avancent, se pressent contre les autres. Victor frappe sans relâche et les massicots tranchent facilement les chairs molles sans tonus, et les os, qui ne résistent pas à la lame affûtée. Des bouts de mains, des doigts, des têtes sont projetés dans les airs, mais pas une goutte de sang ne gicle.

Vic jette un œil vers la grille. Érika et Lucien l'ont refermée. Elle est bien enclenchée et contient la marée de macchabées, Raoul en tête. Victor recule d'un pas, à tâtons. Sa semelle trouve la marche supérieure. Il amorce le transfert de poids pour monter, mais sa chaussure est humide et visqueuse de sang. Il trébuche et s'affale sur son sac à dos. Aussitôt, les morts se précipitent et s'emparent de lui. Il a beau se débattre, ils le soulèvent vers leurs bouches avides mais sans vie. Il frappe avec ses pieds, mais se retrouve bientôt sans espadrilles, et les cadavres qui les lui ont enlevées lèchent avidement leur butin tandis que les autres continuent de l'entraîner vers eux. Il lance sans arrêt les deux lames, tranchant, coupant, lacérant, arrachant des lambeaux de peau, des membres, mais ils sont trop forts, et surtout trop nombreux. Il a beau se démener, les macchabées l'emportent inexorablement vers eux, quand soudain, l'air autour de lui est fouetté par un couteau tandis qu'il sent des mains l'agripper par les épaules et le soulever.

C'est Érika qui manie la lame pendant que Lucien traîne Vic à l'écart et l'aide à se remettre sur pied. Les trois s'élancent ensuite vers le haut de l'escalier, Érika fermant la marche avec son arme.

Ils franchissent les portes du deuxième étage. Victor tourne à gauche et, après deux détours dans un couloir et la montée d'une petite rampe, ils débouchent dans la salle de musculation.

« Vite ! crie Victor en poussant une lourde machine vers la porte. Lucien et Érika viennent l'aider et ils encombrent l'entrée avec la station d'entraînement.

— Ça va les ralentir pendant qu'on monte su'l toit. »

Érika et Lucien comprennent tous deux le plan de Victor : ils savent que cet hiver, des élèves ont grimpé sur le toit en passant par les fenêtres surélevées de la salle de musculation. Ils se précipitent vers une des grandes vitres, qu'ils ouvrent avec un long bâton qui reposait au sol. En approchant un banc, ils peuvent grimper sur le rebord de la fenêtre et se glisser à l'extérieur, en équilibre précaire, pour agripper la bordure du toit et se hisser jusqu'à être debout sur le cadre de la fenêtre, d'où ils peuvent se donner l'impulsion nécessaire à la montée.

« Érika, toi la première », dit Victor.

Elle monte, effectue les mouvements requis et se retrouve sur le toit, dans le soleil de midi.

Les morts poussent dans les portes. Bientôt, la seule force de leur nombre suffira à les ouvrir, malgré la masse à déplacer.

Victor se tourne vers Lucien.

« Merci.

— De rien, man. T'aurais fait pareil pour moi. »

Lucien chancelle.

« Ça va ?

— Ch't'étourdi. J'ai... j'ai l'goût d'vomir. Vas-y, ça va passer.

— No way. J't'attends.

— Non, non. Ça va passer, j'te dis. Sauve-toi », insiste Lulu en serrant l'avant-bras de son ami.

Alors Victor remarque le blanc de l'œil de Lucien, sa sclère, devenue rougeâtre. Le traitement-choc contre la morsure n'a pas fait son effet. Lucien va devenir comme eux.

Victor hoche la tête.

« Enwèye, monte ! »

Vic amorce la séquence de mouvements, puis Lucien lui envoie son sac à dos et la carabine, qu'il tend à Érika, puis il se lève et son amie le tire vers elle. Pendant qu'elle le monte, Victor voit les portes qui s'ouvrent assez pour qu'un, puis deux, puis trois morts s'infiltrent dans la salle.

Victor dit à Érika d'arrêter de le tirer. Les morts s'avancent vers Lucien, qui lève sa lame de massicot d'où pendent encore des lambeaux de peau, puis qui fonce vers eux. Il décapite les premiers, puis frappe à tâtons les autres, jusqu'à ce que la marée le submerge.

Il ne crie pas et se laisse faire.

« Donne-moi le fusil ! » ordonne Victor à Érika.

Elle lui tend l'arme. « Tiens-moi par le collet. Surtout, me lâche pas », ajoute-t-il.

Il épaule la carabine et prend le soin de bien viser. Lucien est encore debout, mais les morts le mordent et son sang coule abondamment.

Victor lui a fait une promesse, et il compte bien la respecter. Dès que le visage de Lucien apparaît dans la lunette, Victor appuie sur la détente. Le coup résonne, et la balle va se ficher dans le front de son colocataire, qui s'effondre. Les morts se jettent sur lui et boivent le sang qui coule encore.

Victor fait signe à Érika, et elle l'aide à grimper sur le toit.

Sous le soleil de midi, ils regardent tous deux à l'horizon. La marée des morts a envahi les rues. Au loin, des incendies ravagent des immeubles : les flammes dansent vers le ciel et la fumée s'élève de plusieurs foyers. En tendant l'oreille, ils peuvent entendre, malgré la rumeur des morts, des salves de coups de feu.

Parmi les cadavres ambulants, Victor aperçoit des costumes bleus et verts qui déambulent comme les autres macchabées.

Des policiers et des militaires. Lentement mais sûrement, les morts semblent gagner la partie.

INTERMÈDE 8

Cela fait huit heures que les barrages sont en place. Partout en ville, les forces policières, secondées par les éléments de l'armée qui étaient déjà stationnés à Trois-Rivières, défendent les rues contre l'avancée des morts, avec un succès mitigé. Le flot de macchabées est trop important pour les autorités en place, et les barrages sont abandonnés les uns après les autres, à mesure que les assauts des morts se font de plus en plus insistants.

Le premier ministre du Québec est assis dans son bureau, tout comme celui d'Ottawa, et ils se regardent, par le truchement de caméras et d'écrans, en silence.

Avec la bête qui s'est échappée du territoire et les morts qui avancent inexorablement vers les limites de la ville et les barricades qui l'encerclent, la confidentialité de l'incident est de plus en plus menacée. Sans compter les citoyens qui se sont présentés aux différents points d'accès à Trois-Rivières et qu'il faut contrôler et renvoyer avant que les macchabées ne parviennent aux frontières. Ils doivent à tout prix contenir les morts et les empêcher d'entrer en contact avec des gens de l'extérieur. Les traqueurs ont perdu la bête : elle s'est débarrassée de la puce qui indiquait sa position. Une équipe est déjà à sa recherche, mais les chances de la retrouver s'amenuisent avec le temps qui passe.

Les deux premiers ministres sont pleinement conscients qu'ils frôlent la catastrophe et que la souveraineté du pays en entier est menacée par cette crise sans précédent. En moins de vingt-quatre heures, Trois-Rivières est devenu un nid de vipères.

Le PM du Canada prend finalement la parole :

« Il faut régler ça au plus vite. Le cow-boy a déjà déplacé ses troupes situées au Maine et au Vermont. Elles pourraient être parachutées à Trois-Rivières dans moins de trois heures. Il faut circonscrire la crise avant qu'elle ne s'étende. Le taux de propagation est trop élevé et les barrages cèdent les uns après les autres. Les morts contrôlent presque toute la zone. Selon les dernières estimations, environ 30 000 morts adultes déambulent dans les rues et leur nombre augmente de minute en minute.

— La moitié de la ville... sans compter les morts qui ne se relèvent pas... Les enfants et les vieillards...

— Les images satellites montrent des foyers de résistance. Des gens ont pris les armes à certains endroits de la ville, mais ils sont très peu nombreux. Les autres se terrent...

— Qu'est-ce qu'on peut faire ?

— Les forces d'intervention sont avisées... Elles peuvent s'occuper du ménage. »

Le PM du Québec songe un instant, puis annonce : « Envoyez-les ! Il faut arrêter ça tout de suite. »

À Ottawa, le PM du Canada appuie sur un bouton de son téléphone et annonce : « Vous avez entendu, Général ? Feu vert pour le Protocole Reston. »

CHAPITRE 9

Ils sont des centaines. Non, des milliers, si Victor compte toute la marée qui s'étend autour d'eux et dans la basse-ville, vers le fleuve. Des milliers de morts aux gorges déchirées, qui râlent en se balançant, à la recherche de la moindre goutte de sang disponible.

« C'est... souffle Érika.

— ... incroyable ! termine Victor.

— Y sont tellement nombreux ! »

Un mouvement attire l'attention de Victor. De l'autre côté de la rue, à l'intersection, se profile l'hôpital Sainte-Marie. C'était dans les maisons dont la cour donne sur les terrains de l'hôpital qu'ils courraient plutôt.

Il y a d'autres survivants sur les toits des bâtiments qui forment l'hôpital. Ils sautent dans les airs en criant et en battant des bras.

« On dirait qu'y ont vu que'que chose. »

Et alors, en tendant l'oreille, par-dessus le râle-ment collectif, ils entendent le vrombissement des Griffons qui apparaissent à l'horizon, accompagnés de quelques Cormorants de sauvetage et des vieux modèles Sea King.

Les mitraillettes des hélicoptères tirent sans viser dans la foule qui a envahi les rues. Victor voit, au loin, les centaines de morts qui sont déchiquetés par les salves de balles.

Les hélicos passent devant l'école et effectuent une trouée dans la foule. Un Cormorant descend vers le toit de l'hôpital et un militaire saute de l'hélico. Il semble crier des ordres aux gens qui les attendaient. Les civils se déshabillent et se retrouvent nus dans le vent des rotors.

Soudain, le soldat tire, à bout portant, sur l'un des survivants, qui tombe, mort, vers le sol, plus d'une centaine de mètres plus bas.

Les autres sont horrifiés, mais ils obéissent et se rhabillent avant de grimper la courte échelle de corde, puis le soldat remonte et l'hélicoptère fait demi-tour.

Les autres hélicos continuent de faire du ménage dans la rue, passant plusieurs fois près de Victor et Érika. Ils voient, au loin, d'autres véhicules effectuer le même genre de nettoyage.

Puis, dans la rue, surgit une escouade de sauve-tage. Ils sont une centaine vêtus de noir de la tête aux pieds, armés jusqu'aux dents, escortés par des jeeps et même par un tank, qui avancent dans la rue et exterminent les derniers morts encore debout. Sur les jeeps, des immenses haut-parleurs crachent une voix d'homme : « Les survivants sont invités à sortir après le passage de l'équipe de nettoyage. Des sauveteurs s'occuperont de vous. »

Victor et Érika se regardent. C'est fini. Une équipe tactique entre dans l'école, sous eux. Les coups de feu résonnent.

Raoul va sûrement y passer, cette fois ! se dit Victor, heureux d'être encore en vie et quand même triste pour son ancien voisin. Une coulée de sueur froide le fait frissonner : il a tué Lucien. Son coloc. Son meilleur ami...

Le vacarme d'un hélicoptère le tire de son début de panique en déchirant ses tympans. Une échelle de corde se déroule près de lui et d'Érika. Un soldat descend.

« Déshabillez-vous ! ordonne-t-il.

— Pourquoi ? » demande Victor en enlevant son chandail.

Le soldat épaule son arme.

Sans argumenter, trop heureux d'être enfin sauvé, Victor retire son linge, exposant sa peau lisse, sans trace de dents. Érika procède à la même opération. Le soldat leur dit : « Rhabillez-vous, et grimpez. On va vous amener en lieu sûr. »

Ils grimpent l'échelle de corde qui ballotte dans le vent. Au sol, l'équipe de nettoyage continue d'avancer. Derrière eux, des dizaines d'ambulances militaires recueillent ceux qui osent s'aventurer dehors.

Victor est hissé dans l'hélico. Il prend place sur un banc, entre deux militaires.

Il sent une piqûre dans son bras. Il vacille. Sa tête tombe vers son menton.

Il sombre dans l'inconscience.

ÉPILOGUE

MARION ÉCOUTE ATTENTIVEMENT le premier ministre du Québec qui s'adresse à la nation : « ... C'est avec beaucoup d'émotion que je vous parle aujourd'hui. Au cours des derniers jours, plusieurs de vos concitoyens, de mes concitoyens, ont perdu la vie dans la région de Trois-Rivières, suite à une épidémie mystérieuse dont la provenance nous est inconnue. Le gouvernement du Québec, en collaboration avec le gouvernement du Canada, va maintenir la quarantaine sur la ville. Les équipes sanitaires sont sur place : elles recherchent les survivants et s'assurent que tous les foyers d'infection sont éteints. Les survivants seront pris en charge et mis en quarantaine pour prévenir les risques d'une deuxième épidémie. Les familles des défunts et des survivants seront contactées dans les prochaines heures et les prochains jours... »

* * *

Le PM du Québec et celui du Canada sont assis dans le bureau de ce dernier, après la conférence de presse.

« Miersk est très satisfaite des résultats de l'Anilium-8, dit le PM du Canada.

— Elle a finalement accepté de prendre en charge un des hôpitaux ? À quelles conditions ?

— Nous allons lui donner une centaine de corps. Elle souhaite les étudier.

— C'est tout ? Ses demandes sont souvent plus...

— Elle veut aussi une centaine de survivants. Pour effectuer des tests.

— Ah oui ? Et vous acceptez ?

— Elle avait demandé au cow-boy en premier et il était d'accord. Je n'ai pas vraiment eu le choix.

— Après tout, ils passeront pour morts dans l'épidémie.

— Exactement. »

* * *

Victor ouvre les yeux. Le plafond est blanc. Les murs sont beiges avec du papier peint fleuri. Une seule fenêtre, et une porte.

Il se redresse sur son lit. La chambre ne contient qu'une table de chevet avec un téléphone et une commode avec un téléviseur. Dans un coin, une caméra est fixée sur lui. Il se lève, malgré les courbatures et les élancements, et avance vers la fenêtre. À l'extérieur, le décor est blanc, à perte de vue.

La porte s'ouvre. Victor se retourne en vitesse et chancelle, pris d'un étourdissement. Une femme très pulpeuse dans un costume blanc entre et le rattrape avant qu'il ne tombe au sol.

« Ah, Monsieur Cantin, vous êtes réveillé !

— Je... chuis où ? Vous êtes qui ? »

Victor est ébloui par les lèvres rouges et la peau basanée.

« Je suis le docteur Miersk. Vous êtes dans une chambre de traitement.

— Traitement ?

— Vous ne vous souvenez de rien ?

— Je... non.

— Ce sont les effets secondaires des médicaments. Vous avez survécu à une épidémie très grave. C'est pourquoi vous êtes en observation ici. Mais ne vous inquiétez pas, vous êtes en sécurité. Vous êtes sauvé.

— Et ici, où c'est ?

— Un hôpital de l'armée, spécialement équipé pour faire face à ce genre de problème. »

En répondant, le docteur sort une seringue qu'elle approche du bras de Victor. Elle lui injecte un liquide jaunâtre et comme Victor ouvre la bouche pour poser une autre question, il s'endort, sous le sourire pervers du docteur Miersk.

* * *

La grotte est fraîche. La course dans les bois l'a fatiguée. La bête n'a plus faim. Maintenant, elle pourra retourner à ce sommeil qu'elle aime tant.

Encore plusieurs saisons, des centaines de saisons, avant que la soif de sang ne la tire de nouveau de son hibernation. Elle se couche sur le sol, la tête entre les pattes, sa respiration se fait de plus en plus lente, tout son métabolisme ralentit, et elle s'endort.

DÉJÀ PARUS

1 ■ **Élise**
Michel Vézina
ISBN 978-2-923603-00-1

2 ■ **La gifle**
Roxanne Bouchard
ISBN 978-2-923603-01-8

3 ■ **L'odyssée
de l'extase**
Sylvain Houde
ISBN 978-2-923603-02-5

4 ■ **La valse
des bâtards**
Alain Ulysse Tremblay
ISBN 978-2-923603-03-2

5 ■ **Territoires
du Nord-Ouest**
Laurent Chabin
ISBN 978-2-923603-04-9

6 ■ **Prison de poupées**
Edouard H. Bond
ISBN 978-2-923603-05-6

7 ■ **Je hurle à la lune
comme un chien
sauvage**
Frédérick Durand
ISBN 978-2-923603-06-3

8 ■ **Marzi et Outchj**
Pascal Leclercq
ISBN 978-2-923603-07-0

9 ■ **La vie d'Elvis**
Alain Ulysse Tremblay
ISBN 978-2-923603-08-7

10 ■ **Kyra**
Léo Lamarche
ISBN 978-2-923603-09-4

11 ■ **Speranza**
Laurent Chabin
ISBN 978-2-923603-10-0

12 ■ **Cyclone**
Dynah Psyché
ISBN 978-2-923603-11-7

13 ■ **Métarevers**
Serge Lamothe
ISBN 978-2-923603-12-4

14 ■ **Un chien
de ma chienne**
Mandalian
ISBN 978-2-923603-13-1

15 ■ **Sympathie
pour le destin**
Alain Ulysse Tremblay
ISBN 978-2-923603-14-8

16 ■ **Gina**
Emcie Gee
ISBN 978-2-923603-15-5

17 ■ **Toujours vert**
Jean-François Poupart
ISBN 978-2-923603-16-2

18 ■ **Sur les rives**
Michel Vézina
ISBN 978-2-923603-17-9

19 ■ **Morlante**
Stéphane Dompierre
ISBN 978-2-923603-18-6

20 ■ **Maudits !**
Edouard H. Bond
ISBN 978-2-923603-24-7

21 ■ **Luna Park**
Laurent Chabin
ISBN 978-2-923603-20-9

22 ■ **Macadam Blues**
Léo Lamarche
ISBN 978-2-923603-22-3

Cet ouvrage a été achevé d'imprimer en octobre 2009
sur les presses de Transcontinental Gagné